# 鬼神の一刀

## 刀剣目利き　神楽坂咲花堂⑩

井川香四郎

祥伝社文庫

# 目次

# 第一話　光る掛け軸

# 一

青葉が激しく風にざわついていた。

神楽坂《かぐらざか》は外濠の牛込見附《うしごめみつけ》から、まっすぐ伸びた石段の坂道だが、風の通り道になっている。入り組んだ路地は、笛のような音がして、髪を振り乱す女のように柳が揺れているのが分かる。

三代将軍家光《いえみつ》の矢来《やらい》にある別邸への通い路がこの坂だったため、武家屋敷と町屋が混在しており、毘沙門天《びしやもんてん》や赤城《あかぎ》神社のような神社仏閣も少なくなく、さらに番方の組屋敷だの商家などが並んでいるから、屋根や軒の高さが段違いである。それゆえ、風の流れが複雑になって、嵐のような雰囲気が漂ってくる。

表戸もしっかりと閉じてあるが、ガタガタと獣《けもの》に揺すられている気にさえなった。

——どうも眠れぬな。

二階から降りて来た上条綸太郎《かみじようりんたろう》は、暗がりの中で座っている番頭の峰吉《みねきち》の姿を見た。

「なんや、おまえも寝付けなんだか」

と綸太郎が声をかけると、寝ぼけ眼《まなこ》の峰吉は気弱な声で、

「若旦那……江戸の風は強うおますな。どこかに大きな風穴があって、そこに吹き込んできてるような気がしますわい。早う京に帰りとうなりました……この風の強さには、いつまで経っても慣れまへん」

「そうか？　力強うてええやないか。京の都も比叡《ひえい》おろしが結構キツいで」

「でも、こんな人の心を不安にさせるような音はしまへん」

「そうやな……」

「……でっしゃろ？」

月の明かりもなく、暗い部屋の中で、主従はなんとも苦々しい夜を過ごしていた。不安に駆り立てられたのは、風のせいだけではない。

実は、上条家の〝三種の神器〟のひとつ、掛け軸らしきものがあるという神社に、綸太郎は目をつけていた。それは根津権現《ねづごんげん》だった。だが、神殿の中に入ることは許されず、自分の目で見たわけではないのだが、ずっと気がかりだったのだ。

根津権現は日本武尊《やまとたけるのみこと》が千駄木《せんだぎ》に造ったとされ、太田道灌《おおたどうかん》が社殿を建てたという。その後、五代将軍綱吉《つなよし》が将軍の座に就いたときに、新たに社殿が奉建され、宝永《ほうえい》年間（一七〇八〜一七一六）には綱吉自身が大造営を執《と》り行った。そして、綱吉を継いだ

六代将軍家宣《いえのぶ》が祭礼を定めて、江戸有数の祭りのひとつとなったのである。

その社殿の奥に、上条家の掛け軸があるという確かな根拠はない。ただ、真夜中に神殿が光ったということを、近在の者が何人も見ていたので、

——もしや、それが……。

と思ったまでである。

本来、三種の神器とは、鏡、剣、曲玉《まがたま》のことで、神鏡《しんきよう》、宝剣《ほうけん》、神璽《しんじ》と呼ばれるものである。『日本書紀』に記されている「やたの鏡」「くさなぎの剣」「やさかにの曲玉」のことで、皇位の象徴で代々、引き継がれたものだ。そこから大切なものを、そう称するようになった。

本阿弥《ほんあみ》家の庶流である上条家にとっては、代々伝わる掛け軸、刀剣、茶器のみっつであった。それが徳川《とくがわ》幕府創設期に、初代将軍家康《いえやす》によって奪われたまま返されていないというのが、上条家の言い分である。

だが、そのような事実があった記録はないし、徳川家とは深い関わりのある本阿弥家は、

「上条家の〝三種の神器〟は元々、本阿弥家のものである。それを光悦《こうえつ》が当主の折に、征夷大将軍の座を得んとした家康に、光悦の手から渡されたものだ」

ゆえに上条家に返す類《たぐい》のものではない。というのが、本阿弥家なりの道理であった。しかし、上条家には、遠く足利《あしかが》の治世に能楽の白川《しらかわ》家とともに、

——乱れた世の中を鎮めて、安寧《あんねい》秩序をはかるための三種の神器。

を渡された。そのことがしたためられた書状も残っている。

掛け軸、刀剣、茶器が揃《そろ》えば、想像もできない力が溢《あふ》れて、世の中を変革するという言い伝えがある。事実、上条家は足利の世から、動乱の戦国時代を経て、織田信《おだのぶ》長《なが》、豊臣秀吉《とよとみひでよし》の政権樹立の折に、陰ながら重要な働きをしてきた。しかし、徳川家には与《くみ》することはなかったから、本来なら豊臣家が滅んだ後は、潰れていても不思議ではない。だが、徳川幕府としても、

——三種の神器を預かっている立場で、上条家を滅ぼすと、幕府にも災《わざわ》いが及ぶ。

と恐れて、その存続を本阿弥家の分家として認めていた。

むろん、徳川幕府の治世では、政《まつりごと》の裏方としては一切、関わっていない。京の都にて、ただの刀剣目利きとして、ひっそりと野に咲く花のように続いてきただけである。

だが、本来は、世の邪鬼《じゃき》を払う家柄であり、綸太郎もその血を受け継いでいる。あるときは、この世を支配する〃鬼火《ものび》一族〃とつながる白川家同様に、将軍の座をめぐ

って暗躍したり、世の秩序を乱す者を始末する使命も負っていたようだ。それゆえ、三種の神器を預かっていたのであるが、本来の狙いはともかく、綸太郎としては、

——世の中を乱れさせたくない。

という思いだけは強かった。だからこそ、江戸に来て、上条家に伝わる三種の神器の在処《ありか》を探し、それを打ち砕きたかったのである。何故、壊したいか……それは、邪心ある者に手渡ったとき、またぞろ戦乱の世になりかねないからである。

むろん、綸太郎のその思いは峰吉すら知らぬ。聞いたところで、

「この泰平《たいへい》の世に、なにをトンチンカンなことを言うてるのや」

と言って小馬鹿にするだけであろう。とまれ、綸太郎の不安はざわつく木々の葉が擦れる音のように、不気味に揺れていた。

その不安が的中したように、半鐘が鳴り響いた。

遠くはない。神楽坂界隈《かいわい》であろう。

綸太郎はすぐさま玄関を開け放った。途端、強風が吹き込んできて、店内に陳列していたものが揺れて落ちた。中には、割れてしまった茶碗や壺もある。

「ああっ。なんちゅうことや」

と峰吉は慌《あわ》てて拾い集めた。高価なものもあるので当然のことだが、綸太郎は勿体《もったい》

ないという思いよりも、何か得体の知れない力で壊されたという感覚の方が強かった。

表に飛び出すと、坂上の赤城神社の方に真っ赤な空が広がっているのが見えた。まるで夕焼けのようだったが、炎の先がゆらゆらと揺れて、闇の中に吸い込まれているのが不気味だった。

あちこちから野次馬が飛び出て来て、普段なら真っ暗になっているはずの坂道には、縁日のように人が集まった。

「この風だ。早く消さないと大変なことになるぞ」

「ああ！　こっちは風下だ。このところ乾いてるから、飛び火すれば火の廻りが速いに違いない。なんとかしろッ」

「町火消しはまだか。天水桶の水を撒《ま》け！」

などと声をかけあいながら、人々は火の手が上がる方へ向かった。

寝間着姿の綸太郎は羽織をかけて、野次馬が走る方へ駆け出した。いつもなら軽やかに登れる坂の石段が、やけに急勾配に感じられた。

「若旦那ア！」

人混みを掻き分けるように、芸者姿の桃路《ももじ》が近づいてきた。こんな刻限まで、どこその座敷で働いていたと見える。ほろ酔い加減だが、酒に飲まれることのない桃路の足取りは意外としっかりしていた。玉八《たまはち》も一緒で、手拭いを姐《あね》さん被りのように頭に乗せて、何がおかしいのかニコニコ笑っている。

「火事やいうのに、何が面白いのや」

「あ、すみません。座敷にいるときは、いつもこんな顔ですので」

「オコゼが笑うたか」

「また人が気にしてることを……」

今の今まで、客の相手をしていたのであろう、機嫌良くポンと綸太郎の肩を叩いた。まるで魚のオコゼのような顔だから、そう呼ばれているのだが、遊び人の頃よりは、一皮も二皮もむけて、穏《おだ》やかな愛嬌《あいきょう》ある面立ちに変わっている。

「どうやら、赤城神社の裏手のようやな」

先に走って行っていた峰吉が戻って来て、

「燃えてるのは、立派な屋敷らしいでっせ。どうやら『うな重《じゆう》』の主人……重兵衛《じゆうべえ》さんの神楽寮らしいですわ」

神楽坂にある寮のことである。峰吉の言葉を聞いた途端、桃路は声には出さぬが、エッと驚愕《きようがく》の顔になって、一瞬にして顔が真っ青になった。その様子を見た綸太郎

は、よろりとなるその肩に手を添えて、

「どないしたんや、桃路。血の気が引いてるで」

「あ、いえ……」

「そういや、おまえの知り合いの寮やな」

綸太郎は心配したが、『うな重』とは江戸で屈指の伝統ある鰻《うなぎ》屋で、主人の重兵衛はなかなかの商売上手だとの評判だった。

もう五代続く老舗《しにせ》だが、かつては深川《ふかがわ》不動尊の門前だけで営《いとな》んでいたが、今は『うな重』といえば、浅草《あさくさ》や上野《うえの》、両国橋《りょうごくばし》のような遊興客が大勢集まる繁華街はもとより、日本橋や京橋《きょうばし》、神田《かんだ》や浅草橋、四谷《よつや》や高輪《たかなわ》の大木戸、内藤新宿《ないとうしんじゅく》や北千住《きたせんじゅ》、品川《しながわ》、板橋《いたばし》という四宿など、武家地や町場を問わず、数十の店舗を張り巡らせていた。

もちろん、神楽坂の近くの軽子《かるこ》坂にもあって、河岸《かし》などで働く人足たちも昼時にはどっと押しかけていた。

鰻といえば、今も昔も変わらぬ高級な食材である。その上、捌《さば》いたり蒸《む》したりするので、食べるまでに時間がかかる。それを手頃な値で、早く食べられるように工夫したのが、重兵衛だった。

蒸した鰻を冷まさぬように、アツアツの御飯に挟んで食べる鰻飯として、丼や重箱に入れ、忙しい人でも簡単に食べられるようにし、また出前などもしやすくしたため に、すぐに人気が広まったのである。今でいう、「早い、安い、美味《うま》い」であろうか。

鰻を仕入れるだけでも大変なのに、それだけの量の鰻を確保することは難しく、同業の者からは、紛《まが》い物という悪評も撒《ま》かれた。嫌がらせをされたこともある。だが、本当に美味いから客は足繁く通うようになったので、繁盛したのだ。

その『うな重』の主人が、桃路の贔屓《ひいき》であることは、小耳に挟んでいたが、ふたりの仲については、あまり尋ねたことはなかった。綸太郎が気がかりであることの裏返しである。

「桃路……大丈夫か……」

「え、ええ……」

ふらふらと覚束《おぼつか》ない足取りで、闇夜に広がる真っ赤な空に向かって行く桃路を、綸太郎は痛々しい目で見送っていた。

## 二

桃路が『うな重』の主人を連れて、咲花堂《さくはなどう》の綸太郎を訪ねて来たのは、その翌日の夕暮れのことであった。

昨日と違って、風もなく穏やかに一日が終わろうとしていたが、前夜の火事騒ぎのことを、まだ住民たちは生々しく語っていた。

その渦中の人が現れたので、綸太郎は少々、驚いたが、もっと仰天することになる。

「昨日の火事……結局、母屋も蔵も全部、燃えてしまいました」

と重兵衛は言った。悄然としているので少し老けて見えるが、まだ三十路半ばである。

数寄屋造りの立派な寮だったから、さぞや残念だったであろうとおもんぱかったが、重兵衛はそのことにはまったく動じていなかった。

「不幸中の幸いとはこのことです」

「しかし、あれだけの屋敷をなくされては……」

綸太郎は丁重に、見舞いの言葉を述べた。

「いえいえ。家なんぞ、また建て直しがききますが、他に火が移ってどなたかの命でも奪ったりしたら、それこそ大事でした」

「そうは言うても……」

「燃えたのはうちだけですし、灰やなんかが飛んで、迷惑はおかけしましたが、本当にうちだけで済んでよかったです」

「でも……」

と綸太郎は少し気兼ねをしつつ、

「あれは、不審火だという噂も……事実、北町奉行所の内海《うつみ》の旦那も、火元がはっきりせず、その疑いがあると言ってました」

北町の定町廻り同心の内海弦三郎《げんざぶろう》のことである。神楽坂下の自身番に入り浸《びた》って、番人や岡っ引らと一杯やりながら、将棋を指したり、つまらぬ噂話をして過ごしている。綸太郎とも事件を通して、それなりに長い付き合いになるが、未《いま》だにどこか好きになれぬ人物であった。

「あの内海の旦那が……」

重兵衛も嫌そうに頬《ほお》を歪《ゆが》めたが、町方が調べているということに、不安を隠しきれなかった。脳裏のどこかに、

——またぞろ、同業者からの嫌がらせか。

という思いがよぎったからである。

困惑した顔になる重兵衛の背中を、桃路が軽くつついた。

「そんなことより、ほら、あのことを」

「ああ、そうでした」

促《うなが》されて頷《うなず》いた重兵衛は、実直そうな目を綸太郎に向けて、

「実は……あの火事の跡《あと》に、妙なものが落ちていたんです」

「妙なもの？」

「はい。これくらいの……」

と一畳ほどの大きさを両手で示して、

「掛け軸が落ちていたんです」

「落ちていた」

「というより、焼け跡の中から見つかったのです。まだ燻《くすぶ》っている木材の下から、掛け軸が現れたのですが、不思議なことにまったく燃えておらず、汚れすらないのです。誰かが置いたようにも見えたのですが、あんな所にどうやって置いたか……。無理な話です」

「――もしかして、それには、女の幽霊の絵が……」

「そ、そうです。そのとおりですッ」

そう叫ぶように答えると同時、重兵衛は自分の首を絞めるような仕草をして、

「なんとも不気味で……それで、一度、若旦那に見て貰《もら》ったらどうかと、桃路が」

勧めたというのだ。

もしかしたら、〝三種の神器〟のひとつかもしれぬと、綸太郎は心が湧き躍《おど》った。江戸の骨董屋に出回っているとは思わなかったが、徳川家にゆかりのある御一門や旗本、あるいは大名屋敷に隠されているかもしれぬとは考えていた。だから、身分の高い武家や富豪の寄合などには、よく足を運んで、さりげなく掛軸のことを調べていたが、思わぬところから見つかった。

いや、まだ見てないから何とも言えないが、一刻でも早く見てみたいという思いが込み上げてきた。

はやる気持ちを抑えて、重兵衛の本宅に着いた頃には、すっかり日が落ちていた。本店は深川不動尊前にあるが、屋敷は富岡《とみがおか》八幡宮の裏手にひっそりとあった。芝垣で囲まれた素朴な家で、とても数十軒もの人気店を営んでいる商人の屋敷には見えなかった。

だが、見えない所にはそれなりに金を掛けており、檜《ひのき》や赤松などをふんだんに使った柱や梁《はり》が重厚だった。

「これでございます」

奥の仏間の壁に、ひっそりと掛けられていたものを見ると、まさしく綸太郎が探し求めていた掛け軸であった。

行灯《あんどん》の向こうに手招きをしている痩《や》せ細った女の絵である。絹本著色《けんぽんちやくしょく》のもので、少し褪《あ》せているが、女の虚《うつ》ろな目などは生々しくて艶っぽい。

絵師は誰かは不明だが、狩野《かのう》派であることはたしかで、二代目の元信《もとのぶ》のものだと伝わっている。始祖の正信《まさのぶ》は武士だった。それまでは絵師といえば、禅僧などの僧侶が多かったから、当時にしては変わり種である。

狩野派は永徳《えいとく》、探幽《たんゆう》、山雪《さんせつ》など御用絵師として、その血族が代々、才能を発揮してきたが、画風が統一されているわけではない。

永徳のような力強く華麗なものもあれば、探幽のように軽快で端麗な筆致の絵もある。ゆえに、絵作りの大派閥ではあるが、個性は強烈であった。

綸太郎が目の前にしている幽霊画は、後の鳥山石燕《とりやませきえん》などに影響を与えているに違いない。

ただ、これが本当に上条家に伝わっているものかどうかは、詳細に鑑定してみないと分からない。絵はともかく、軸木《じくぎ》、八双《はっそう》、風帯《ふうたい》などは新しく、総裏という宇陀《うだ》紙によるによる裏打ちは、つい近年のものに違いあるまい。つまり、きちんと表具し直したもの

である。明朝《みんちょう》仕立てと呼ばれるものだが、茶の湯とともに発展した、複雑さを際立てた大和仕立ての影響もある。いずれにせよ、

——誰かが手を加えた。

ものであるから、上条家に伝わったものと即断することはできない。むろん、綸太郎も見るのは初めてであるからだ。

「この絵が……燃え残っていたのです」

と重兵衛は改めて言った。

「あ、いえ。燃え残っていたというより……誰かが後で置いたと思われます……とはいっても、あんなまだ火が燻っている中に、どうやって入れたかは分かりませんし、余熱で焼けていないのも不思議です」

「そうやな……」

綸太郎は言葉を選ぶように、ゆっくりと答えた。

「しかし、この絵が上条家のものなら、燃えぬということもあるやろ」

「上条家のもの？」

「いや……そうではなく……」

うかつに漏らした秘密を隠すために、曖昧《あいまい》に濁した綸太郎は首を振って、

「掛け軸は、鏡と同じ扱いを受けます」

「鏡……」

「ええ。掛け軸は鏡、茶碗は曲玉……いわば代用品として、茶室では使われた。茶席には、亭主が必ず、何らかの意図を含んだ掛け軸を用意して、客を招きますな」

「はい。そうですねえ」

「ですから、掛け軸は鏡のようなもの。鏡は世の中を映し、己《おのれ》の姿を映す。そして、邪鬼《じゃき》を跳ね返すものです」

「そういえば……」

　重兵衛はふと顔を上げて、この掛け軸を仕舞っていた蔵の中が、よく光っていたと話した。真夜中に目が覚めたとき、ピカッと扉の隙間《すきま》から、眩《まぶ》しいくらいの光が洩れていたことがあるというのだ。

「そりゃ、もう気味が悪いくらいで……ですから、私も一番番頭も近づかないでいたのです。やはり、何か祟《たた》りでもあるのでしょうか」

　不安げに語る重兵衛に、綸太郎はそうではないと首を振った。

「私たち日の本の民は、古来より、鏡を大切にしております。そのことは、『魏志《ぎし》』にも記されているとおり、唐《もろこし》の国王らにも知られており、金印とともに銅鏡を百枚も贈られたのです」

「銅鏡……」

「もちろん、その遙《はる》か前から、一尺半を超える大きな鏡が祀《まつ》られていました。それは、お天道様を崇《あが》め奉《たてまつ》るためのもので、豊作によって国の繁栄を祈ったのどす。それればかりではありまへん。お天道様を中心とした暦やら、星の動きなどから占いをする道具でもあったと思われます」

「………」

「つまりは、時の権力者が、天から、神から与えられる霊力を受け入れるものであったのです。霊力によって、この世は支配されていると考えられていたからどす。いえ……いまでも、そうどっしゃろ」

重兵衛は息を飲み込んだ。

「そんな大それたものを……知らぬこととはいえ、たかが鰻屋の私なんぞが持っていたということですか……綸太郎さん？」

「――この掛け軸、一体、何処《どこ》で誰から手に入れたのどす？」

改めて、綸太郎が聞き返すと、重兵衛は言いにくそうに腰をずらした。

「言えない人なのどすか？」

「それはない……そうではありませんが……」

よほどマズいことでもあるのか、俄《にわか》に額《ひたい》に汗が滲《にじ》み出てきた。

その様子を見て、桃路が横合いから声をかけた。綸太郎の前ではめったに出さないような優しい声だった。

「正直に話した方がいいよ、旦那様。でないと、またどんな災《わざわ》いがあるかもしれない」

怪訝《けげん》な目を向ける綸太郎に、桃路は目を向けた。

「災い……？」

「重兵衛さんは……五年程前に、奥様と娘さんを亡くしているんです。娘さんはまだ二つになったばかりでした。可愛い盛りに悲惨なことでした……」

よほどの訳があると、桃路は知っているようだった。重兵衛と語るときの言葉遣いが、身内のような言い草だった。綸太郎にはそう感じられた。

「どうして、亡くなったのや？」

桃路は重兵衛の顔を見て、話してもよいかという表情をした。重兵衛の方は特に何も言わなかったが、目顔で頷いたように見えた。

「賊に……殺されたんですよ」

「ええ。それが丁度、その掛け軸が届いた夜のことでした」

「押し込みか何か？」

「………」

綸太郎が何か言いかけると、重兵衛の方が声を出した。

「その掛け軸は……さる大名からいただいたのです。その方は、将軍家に繋がる御仁から拝領したものだが、特別に私に下さると言ってくれました」

「なぜ、あなたに……」

「私は五代目ですが、先祖は深川不動尊の前で仕事をしておりました。ご存知のとおり、不動明王様は如来《にょらい》様の化身と言われ、この世で悪さをする奴を叱《しか》って心を入れ替えさせるために現れた仏様です」

「うむ……」

「たまさか、うちの目の前を通りかかった、その殿様は鰻が好物で、店の鰻をぜんぶ買い占めて食べたのです。ところが、己の欲だけのことで無益な殺生をしたということで、その大名は体を悪くしました。そこで、深川不動尊にお参りをしたら……『うな重』に家宝を譲れ。そうしたら、災いがなくなる、と言われたそうです」

殿様はその言いつけに従って、家臣を重兵衛のもとに寄越して、代々、御家の当主が受け継いできたその掛け軸を置いていったというのだ。

その夜、盗賊に入られて、妻と子供を亡くしてしまった。

重兵衛は衝撃のあまり、後追い心中をしようと思ったそうだが、その時、まだ飾ってもいない掛け軸が、箱の中で光った。そして、

――死んではならぬ。

と声がしたというのだ。空耳に違いないとは思ったが、何度も光って、そう聞こえるので捨ててしまおうかと思ったが、

――案ずるな。女房子供の供養すれば、店は栄える。

という声までしたという。

「本当なんです。他人様《ひとさま》に話せば、どうせ法螺《ほら》話と思われるでしょうから、桃路以外には話したことがありません」

桃路以外には……という言葉が、また綸太郎の胸に引っかかった。その気持ちの案配など知る由《よし》もなく、重兵衛は淡々と続けた。

「ですが、幽霊の絵ですからね……掛け軸を捨てはしませんでしたが、床の間に掛けることもなく、きちんと蔵に仕舞ったままにしておきました。ところが……それから、うちの鰻飯はどんどん売れるようになり、その頃には、まだ深川不動尊前だけだ

ったのですが、二つ目を出せば、三つ、四つ、五つ……と次々と暖簾《のれん》を広げることができたのです」

「………」

「それが幸せなことかどうかは分かりません。大切な女房と子供を失ったのですから。でも、ふたりが私を助けてくれている。そう思うと、いい加減な仕事はできませんでした」

懸命に語る重兵衛の言葉に嘘はないであろう。綸太郎はそう感じた。しかし、此度《こたび》の火事は尋常ではない。何か強い意図を感じざるを得なかった。

「この掛け軸。しばらくお借りしてよろしいか」

「はい。それはご随意に。いえ、むしろ引き取って貰った方がよろしいかと。仮に立派なものであっても、私には宝の持ち腐れ……なあ、桃路」

「え、ええ……若旦那、どうです？」

綸太郎は少し考えてから、貰い受けることにした。もちろん、上条家の〝三種の神器〟かもしれぬことは語らぬまま。

安堵《あんど》したように頷きあう桃路と重兵衛を、綸太郎は複雑な思いで見ていた。

――もしや、前々から噂にあった、身請けしてくれる旦那とは、目の前にいる重兵衛ではないか。

という思いがよぎった。

それが事実であることを綸太郎が知るのは、翌朝のことであった。

三

折り入って話があると、桃路が改めて訪ねて来たとき、前夜に預かったばかりの掛け軸は、店の奥の座敷に飾られていた。

思わず目をそむけたくなるほど、恐い顔をしている。凝視《ぎょうし》すれば、醸《かも》し出している霊気に包まれ、身も心も凍らされてしまいそうな気がする。

だが、綸太郎の感覚は少し違っていて、どことなく寂しい女の心が伝わってくる。泣けるほど悲しいものを発しているという。鏡ゆえ、多くの人々の辛《つら》い思いなどを吸収していたのかもしれない。

「そうは思わへんか、桃路……」

「私には、恐ろしいだけ。人の心の奥の醜いものを露骨に出している気がする……旦那様もそう思ってたと思う」

「旦那様……か」

「綸太郎さん。私……」

少し間を置いてから、桃路は意を決したように言った。

「私のことを、あの『うな重』の主人、重兵衛さんは……」

「分かってる。おまえを芸者から、引きたいのやろ？」

「え……知ってたんですか」

「神楽坂は狭い町や。なんとのう噂は耳に入ってくる」

「でも、綸太郎さん……」

「何を暗い顔をしてるのや。俺は江戸に来てから、おまえさんに会って、色々と生粋《きっすい》の江戸っ子のことを学ばせて貰うた。しかも、荒々しい関東にあって、おまえさんのような心優しい女に会えて、俺は幸せやった」

「若旦那……そんなしみったれたことを言ったら、私……」

「しみったれてるか？」

「正直に言って下さい。私は、重兵衛さんに前々から、女房になってくれと誘われてます。しかも、その身請け金まで、置屋のお母さんに払うてるんです」

「…………」

「あんないい人はいません。金儲けばかりに勤《いそ》しんでと、悪口ばかり言う人もいますが、それは違います。店をどんどん増やしているのも、自分が金持ちになるためじゃありません……店の利は、世間の利……そのために働いているんです。事実、事故や事件に巻き込まれて、親を失った子供たちを、重兵衛さんは『清心堂《せいしんどう》』という所で預かっているんです」

今でいう親のない子を集めた養護施設であろうか。寺子屋で教えるような勉学もきちんと学ばせ、どこにでも奉公できるようにしつけている。中には、『うな重』で働いている子もいるから、

——子供を安く使いやがって。だから、値も安いんだよ。

と陰口を叩く者もいるが、重兵衛はまったく気にしていなかった。世間の声もまた、亡くなった妻子の声だと思って、批判に耐える商いにしなければと、ふんどしを締め直すそうだ。

「そんな立派な人に好かれたのやから、桃路……おまえもひとりの女になって、幸せになれるのと違うか？」

「…………」

「幼い頃から、親の情愛も知らない桃路のことを、重兵衛さんはたんと可愛がってく

れる。大切にしてくれる。そう思うで」

「本当にそう？」

「ああ。心の底から、そう思う」

ふたりがじっと見つめ合っていると、二階から、峰吉が降りて来た。

途端、ぎゃあと声を上げて、腰から崩れた。

「なんや。蛇を踏んだような声してからに。こっちがびっくりするやないか」

「そやかて……あれ……」

峰吉は壁の掛け軸を指さして、頰《ほお》を引き攣《つ》らせた。

「ただの絵やないか。ほんまもんの幽霊と違うで」

綸太郎はあっさりとそう言うものの、改めて見ると、やはり背すじが凍った。絵というものは、人がどこへ身を移しても、ずっとその目が追ってくる。だから、余計、ぞくっとくるのであろうが、それほどこの掛け軸の絵は凄い力があるということだ。

「峰吉。おまえ、この絵のこと聞いたことないか？　うちの親父とか、先代とかから」

「この絵のこと……？」

「うむ。おまえにも言うてなかったが、もしかしたら、うちに伝わる〝三種の神器〟

のひとつかもしれへん」

「ええ!?　ほんまどすか」

もう一度、まじまじと見た峰吉だが、やはり気味悪そうに後ずさりして、目を細めた。鑑定するように凝視していたが、それでもブルッと全身を震わせて、

「わ、私には分かりまへん」

「ゆうべ一晩中、調べていて、そうであろうと確信したのや……これを見てみい」

と綸太郎は、幽霊の女の絵の足下あたりを指した。

落款《らっかん》が押されてあるが、うっすらと透かし彫りのような文字があって、『元信』の文字が見える。

狩野派二代目の、元信を示す文字である。

絵や落款が本物か偽物かを見抜くことはできるが、表具の方が気になった。もちろん、絵を綺麗に保存するために、掛け軸を新しくするのは当然である。だが、その作り方がいかにも雑で、一流の表具師の手によるものではないと分かった。

「たしかに……これくらいなら、私でもできますなあ」

と峰吉ですら一見で分かるくらいである。だが、絵の持っている力が強いのか、火事でも表具は燃えなかったのであろう。

「若旦那……〝三種の神器〟って？」

気になるのか、桃路が問いかけてきたが、綸太郎ははっきり答えなかった。下手に関われば、思わぬ災いが降りかかるのもたしかだからだ。

「重兵衛さんから、俺の手に渡ったのは幸いなことかもしれへん」

「え？」

「桃路。おまえも重兵衛さんを大事にせなあかんで」

諦めたように綸太郎が言ったとき、ガラリと白木の格子戸を開けて、無粋に雪駄《せった》を鳴らしながら、内海が入ってきた。これ見よがしに十手《じって》を前帯に差して、ぐいと刀を押さえつけるように肘を乗せ、

「分かったぜ、咲花堂」

「は？」

綸太郎が何事かと首を捻《ひね》ると、

「一昨日の……『うな重』の寮の火事のことだ。あれはな……付け火だった」

「付け火!?」

聞いて驚いたのは桃路の方だった。薄々は勘づいていたが、改めて町方同心から断言されると、衝撃の度合いが増した。

「一体、誰がそんな真似を……」

しがみつくように桃路が迫ると、内海はうなじに鼻を近づけて、

「相変わらず、いい匂いだな……件《くだん》の重兵衛の嫁になるって話だが、本当か？」

「……………」

「まあ、奴なら間違いがねえだろうが、桃路……やっぱり、おまえも女だってことか」

「え？」

「食いっぱぐれのない男を選んだってことだ。俺のようなしがねえ同心稼業じゃ、貧乏暮らしと決まってるからな。でも、夜の方なら、この内海弦三郎、毎日でも満足させてやれるんだがなあ」

下卑《げび》た笑いの内海の胸を、桃路は乱暴に突いて、

「いいから、言いなさいよ。誰なのよ」

「ふむ。いつもの桃路に戻ったか。それほど重兵衛のことが気になるか」

「早く！」

つかみかからん勢いの桃路の手を、内海は思わずつかんで、

「まあ、落ち着け。誰か分かってりゃ、俺はこんな所に来ねえよ。なあ、若旦那。そ

れを聞きたいのはこっちだ」

「分からないので？」

「さっぱりとな。だが、焼け跡から油が沢山撒かれてたことは分かったし、火元が複数あったことや、怪しい人影を見たという夜鳴き蕎麦《そば》のおやじもいる……だが、決め手に欠けるんだ」

「………」

「そして、狙いは若旦那……その気色悪い幽霊の絵だった節がある」

「どういうことや？」

「夜鳴き蕎麦の親父が、『これで、あの絵が灰になるかどうかだ』と言っていた声が聞こえたとか……それだけじゃねえ。母屋もすっかり燃えちゃいるが、火元は蔵の周りだった。しかも、金を盗んでいないとなりゃ、盗みが目的でもねえ。となりゃ、その絵とやらを……」

燃やしたかったに違いないと、内海は言い切った。その上で、綸太郎なら、誰がその絵を始末したがっているのか分かるであろうと踏んだのだ。

「内海の旦那……」

綸太郎は声をひそめた。

「そういうことなら、俺も調べてみまひょ。いつもいつも、あんたの御用につき合わされるのは敵《かな》わんが、この絵をきちんと〝供養〟するためにも、それが必要でっしゃろ」

「供養？」

「ええ。燃えずに残ったということは、この絵……何か言いたいことがあるのやろ」

「気色悪いことを言うな」

「ええですか。この絵のことは口外したらあきまへんで。それが〝下手人〟探しのためにも役立つかもしれまへんからな」

何か思惑があるのか、綸太郎はしっかりと桃路に向かっても頷いた。

「ええ。誰にも……」

言わないと、桃路は潤んだ瞳で綸太郎を見つめていた。

四

「これは美味い。もう一膳、いただきましょうかな」

奥に向かってそう声をかけたのは、利休庵《りきゅうあん》の主人・清右衛門《せいえもん》であった。商家の隠居風の姿で、長い杖を傍らに置いていた。

ここは品川宿の外れにある『うな重』の店内で、京から東海道を下って来たばかりの清右衛門は従者たちと立ち寄って、久しぶりに江戸前の鰻を楽しんでいた。

「いやいや。やはり上方《かみがた》の鰻とは違う。私も初めて江戸に来たときには、ぬめっとして嫌だったが、白焼きにした後に蒸して、それからタレをつけて焼くという手間が、これまた余計な脂《あぶら》を落とすからこそ出る旨味《うまみ》があって、なんとも言えませんなあ」

聞かれてもないのに、誰にともなく清右衛門は語った。これが長年の癖である。自分の意見が一番正しいと言いたい姿勢が、つまらぬところで出てくるのであろう。

清右衛門は〝天国閻魔《てんくにえんま》〟という妖刀が、江戸で跳梁跋扈《ちょうりょうばっこ》していたという事件の背後で、色々と悪事を働いていたことがバレて、綸太郎によって京に戻されていた経緯がある。

それがなぜか江戸に戻って来ている。

元々、清右衛門は、綸太郎の父親である『刀剣目利き咲花堂』本家の主人・上条雅《が》泉《せん》の下で働いていた番頭で、独立して江戸に来た男だ。

『日本橋利休庵』の暖簾を出して、刀剣目利きとして幕閣はもとより、諸大名の江戸屋敷にも出入りしており、目端が利くので、色々と取り入って、たんまりと稼いでいた。

だから、京へ上ろうが大坂へ行こうが困ることはなかった。幸い、清右衛門と深い繋がりがある幕閣はまだ健在で、幕政を牛耳《ぎゅうじ》っている。その縁を頼って、また江戸で一旗揚げるのは難しいことではない。

ただ、邪魔なのは、綸太郎である。もう何十年も前に『咲花堂』から飛び出ているというのに、いまだに使用人扱いをする綸太郎が憎らしかった。

「目にもの言わせてやる……江戸の敵は長崎で……いや、江戸で、だな」

ニタリと笑う清右衛門の脂ぎった顔には、まるで鬼夜叉《やしゃ》のように不気味な光が漂っており、供の者も気味悪がるほどだった。

再び、鰻飯が届いたとき、清右衛門は急にほくほくした顔になって、

「こんな安値で、しかも早くて美味い……どういうカラクリか知りたいものだ」

と食べ終わると満足げに、熱い茶を飲んでから、店の主人を呼びつけた。

「ときに……この店の本店の主人……重兵衛さんと言いましたかな」

「はい、そうでございます」

「その寮が火事になったと、旅の途中に聞いたが、本当のことですかな？」

「ええ。もう噂になっているのですか」

「そりゃ、『うな重』といえば、今や天下一の鰻飯屋だ。瓦版の種にされてもしょうがないでしょうなあ。で……蔵がすべて燃え尽くしたと聞いたが、大変なことでしたな」

「えらいことでした。でも、まあ主人は火事に巻き込まれることもなかったし、たまさか寮にいた奉公人たちも怪我ひとつありませんでしたから、本当に不幸中の幸いで」

「日頃の行いがよかったからでしょう」

「そう言われれば、有り難いです」

「蔵には、ある掛け軸があったと聞いてましたが、それも燃えたのですかな?」

「掛け軸?」

怪訝な顔になる主人を、清右衛門は茶をすすりながら上目遣いで見た。

「私はこう見えても、少々、骨董通でしてな。重兵衛さんはさるお方から、立派な掛け軸を戴いたと小耳に挟んでいたもので、つい……」

探るような目になる清右衛門に、主人は小首を傾げて、

「私は何も存じ上げません。うちの大旦那様が骨董を集めている話も聞いたことがありません。ただただ、鰻一筋で、それも亡くなられた奥様と娘さんのために一生懸命

働いているだけの、真面目な人ですから」

「骨董が不真面目だと言うのですか？」

「あ、いいえ、決して、そのようなことは……ただ大旦那様は骨董を眺めるような風雅の道とは縁がないかと……」

「そうですか……どのような忙しい人でも、いや忙しい人だからこそ、時には書画骨董に触れて、心を洗うことを私はお勧め致しますよ。いやいや、これは本当においしかった。ご馳走様でした」

にっこりと微笑んで茶碗を置いてから支払いを済まし、店の外に出た途端、清右衛門の顔が険しくなって、

「——本当に燃えたと思うか？」

と従者を振り返った。

「あの御仁の使いの話では、例の掛け軸は燃えたとのことだった。だが、あれが容易《たやす》く燃えるとは思えぬ……本物の〝三種の神器〟ならば……の話だが」

「間違いないと思います。だからこそ、あの御仁は付け火をしてまでも、本物かどうかを確かめたかったのだと思います」

「それが甘いというのだ。本物ならば、炎を寄せつけぬ霊力があるはず。万が一、そ

れを綸太郎が手に入れたとなれば、面倒なことになる」

「………」

「私が手にすることで、本阿弥家でも上条家でもなく、新たな権威を発揮できるのだ。決して、『咲花堂』に戻してはならぬ。まずは、その辺りを探れ。よいな」

清右衛門が睨《にら》みつけるように言うと、従者はしかと頷いて、足早に立ち去った。


その夜——。

神楽坂咲花堂に突然、清右衛門が現れた。

出迎えた峰吉は、幽霊にでも出会ったように腰が抜けそうになった。

「なんだ、ご挨拶《あいさつ》だな、峰吉……」

「これはこれは、利休庵の旦那様。ご無沙汰でございます」

「他人行儀な挨拶はしなさんな。同じ釜の飯を食った仲ではないですか」

慇懃《いんぎん》な態度に峰吉は余計に、気色悪い顔になって、

「それはそうと……旦那様は京に行ったはずですが」

「別に、お上から、江戸払いにされたわけでもない。私が江戸見物に来たら迷惑か？」

「とんでもない。でも……」

「でも、綸太郎さんが江戸から立ち去れと命じた……そう言いたいのかな？」

「あ、いえ……」

返事に窮していたが、峰吉はきっぱりと意を決したように、

「大変、失礼な言い方になりますが、咲花堂本店の方でも、もうあんたさんとは関わりを持たぬと決めてます。うちの大旦那、雅泉も目利きの允可《いんか》状を返せと言うてるはずですが」

「ああ。それなら、安心せい。京に帰った折、返した返した」

と清右衛門はあっさりと言いながら、奥の座敷の上がり口に腰掛けた。

「ところで、若旦那は？」

「今日はちょっと出かけておりますが」

「ほう、何処へ」

「話さなければいけまへんか？」

「……なんだか喧嘩《けんか》腰だなア。そんなに嫌わなくともよいではないか」

「夜も更けてますし、用件がおありでしたら、明日にでも……」

「いや、真っ先に報せなきゃいかんと思ってな、ここへ来たんだ」

「報せる?」

「やはり、飛脚が来てないのか?」

「え?」

「大旦那のことだ。本当に、おまえも知らんのか?」

「何かあったんどすか」

俄に不安になる峰吉に、清右衛門は勿体《もったい》つけたようにゆっくりと頷くと、

「倒れたのだ」

と言った。自分だけは何でも知っていると自慢したげな顔だった。

「た、倒れた……!?」

「ああ。この数年、心の臓を患っていたらしいが、突然、胸が苦しくなったとかで、倒れて、二、三日、意識がなかったが……おまえも知ってるだろう、玄庵《げんあん》先生がつきっきりで看病してくれて事なきを得たが、もうひとりでは大変だろうな、商いをするのも」

峰吉は衝撃のあまり、しばらく茫然と佇《たたず》んでいたが、ハッと我に返ると、

「そんな大事なこと、なんで本家は報せてくれないのやろう」

「大旦那は、綸太郎さんに余計な心配はさせたくないと、おもんぱかったのかもしれ

んなあ。そういうお人だ」

「…………」

「ま、允可状まで返せと言われた余所者《よそ》が、差し出がましかったかもしれんが、私も色々と反省しましてな。色々とお世話になった咲花堂に不義をしたままでは、ええ往生ができないかもしれんから、手伝えることがあったら、何なりと言ってくれ」

何も答えず、じっと聞いていた峰吉だが、何か裏があると察した。

「清右衛門さん……あんた、何が狙いどす」

「おいおい。私は前の私じゃない。もうそんな疑り深い目で見ないでくれ。では、また……」

と行きかけて、清右衛門はギラリと振り返った。

「あ、そうだ……狩野元信が描いたとされる掛け軸。火事で燃えたそうだな」

「え……？」

一瞬、驚いた峰吉は、雅泉のことから話が飛躍したので、頭の中がこんがらがって、

「いや、あれは……」

と言いかけたが、ハッと口をつぐんだ。

「な、なんのことでっしゃろ」

慌てた様子の峰吉をじっと見据えていた清右衛門は、にやりと笑って、

「本当に、おまえはバカ正直だな……ふむ。その顔で、よく分かった。また来るから、若旦那に伝えておいて下されや」

と背中を向けると、表の坂道に堂々と出て行った。その威厳のある大きな背中を、峰吉は圧倒されて見送っていた。

五

重兵衛の屋敷に来ていた桃路は、夜風が爽《さわ》やかに吹き込んで来る仏間で、先祖に掌《てのひら》を合わせていた。そこには、重兵衛の妻子の位牌《いはい》もある。

しばらく瞑目していると、中庭に静かに流れていた水の音を遮るように鹿威《ししおど》しの音がした。ふいに目を開けた桃路は、

「ご免なさい」

と小さく呟《つぶや》いた。

傍らで見ていた重兵衛は、おもむろに近づいて、

「何を謝ってるのかね。女房に対してなら、気にすることはない。後添えが、桃路……おまえならば、笑うて許してくれるだろう」

「そうでしょうか」

「ん？」

「私なら、焼き餅を焼くかもしれない」

「──嬉しいことを言ってくれるじゃないか。でも……」

「でも？」

「本当はそうではない。おまえの心の中には、他の男がいるんじゃないのか？」

「え……？」

「そんなに驚くことはなかろう……咲花堂の若旦那を見ているときの目……あれは心底、惚れている女の顔だ」

「…………」

「だからこそ……だからこそ、あえて言うが、桃路……私はおまえを放したくない。誰にも奪われたくない」

ひしと桃路を抱きしめた重兵衛は、甘えるように頰を擦りつけた。

「なあ、桃路。そりゃ、綸太郎さんの方がずっと若いし、名門の出でもある。それに比べて私は、ただの町人だ。鰻を焼くしか能のない人間だ。けれど、商売が繁盛できたお陰で、多少の蓄えもある。おまえを幸せにしたいんだ。初めて座敷で見たときから、私は……おまえに首ったけなんだ」

「…………」

「きちんと返事をしてくれないか」

「はい。私も旦那には惚れております。人としても立派だと思っております。でも……」

「でも、なんだ」

「私は芸者が好きです。まだ、辞めたくないという思いもあるんです」

重兵衛は納得しているように頷いて、もう一度、見つめ直した。

「芸者を続けたいのなら、そうしてもいい」

「けれど、世間は、そんなのは可笑《おか》しいという目で見ますでしょう。女房を芸者にさせたまま、なんてことになったら、それこそ『うな重』の暖簾に傷がつきます」

「……桃路、それは嫁になるのを、断っておるのか？」

「…………」

「どうなのだ？」

「違います。私も女ですからね、いつかは嫁《とつ》いで、子供も欲しい。芸者としても、本当は潮時かもしれないと思ってます」

「だったら……」

「商人の女房になれるかどうか、そんな不安もあります」

「別におまえが店に出ることなんぞない。働くこともない。ずっと私の側にいてくれたらいい。それだけなんだ」

「………」

　ゆっくり立ち上がった重兵衛は、障子戸を大きく開けて、ぽっかり浮かんでいる月を見上げた。

「あの火事のとき、私は親父の姿を思い出したんだ」

「お父様の？」

　桃路は、微動だにしない重兵衛の背中を、じっと見ていた。

「深川不動尊前の店が、一度、大火事になりかかったことがある。厨房の一部が焼けただけで済んだのだが、その時、親父は子供の私や母親よりも、真っ先に先祖から伝わっている秘伝のタレの入った壺を抱えて逃げたんだよ」

「………」

「もちろん、その後で、煙に巻かれそうな私たちを連れて出るために、戻って来ましたがね。子供心に、私たちよりもタレの方が大切なのかと思った」

重兵衛は何が可笑《おか》しいのか、ひとりで笑って、

「そしたら、親父、こう言ったんだ……このタレがなくなったら、おまえたちを食わせることができないからなって」

「………」

「可笑しいだろう？　こっちが死んだらオシマイじゃないか、ねえ」

「お父様は、ご先祖様から伝えられたものを守りたかっただけですよ。もし、もっと切羽詰まっていたら、もちろん、あなたやお母様を助けたでしょうね」

「さあ、どうだかね」

と自嘲気味に重兵衛は、桃路を向いて、

「だが、親父が守ったこのタレは私も守らなきゃならない。おこがましい言い方だが、暖簾分けの店が広がったのも、御霊《みたま》が分祀されたようなものだと思ってるんだ」

分祀とは御霊を切り取ることではなく、丁度、蠟燭《ろうそく》の炎を別のものに移していくような感じであろうか。だから、御霊そのものが、色々な所に広がっていく。それと同じように、先祖秘伝のタレも暖簾の先々に伝搬しているというのだ。

暖簾分けも本来なら、〃独立〃を意味しているのだが、支店網が広がっている形態であるから、惣領《そうりょう》は重兵衛である。だからこそ、誠心誠意、商売道に突き進んでいるのである。

「分かっています……あなたが商いをするということは、人を助けるということ。だからこそ、私も惚れたのです」

「桃路……」

重兵衛が抱き寄せようとしたとき、ガタガタと障子戸が鳴った。風が少し強くなったようである。

「ちょいとばかり、気になるな」

不安げな色が重兵衛に浮かぶのを、桃路はじっと見つめた。

「本店は土蔵作りだから……ま、大丈夫だとは思うが、この前のこともある。念には念を入れといた方がよいからな」

富岡八幡宮裏の屋敷から、深川不動尊の店までは歩いてすぐである。

土蔵にしているのには訳がある。大きな生け簀《す》を設《しつら》えてあるのである。ここから、暖簾分けされた店が何日かに一度、鰻を持ち帰り、各店にある小さな甕《かめ》に移しているのである。それゆえ、高くても六十文。ふつうなら、三十文で食べられる。二八蕎麦二杯の値で、鰻を味わえるのだから、安いものである。

生命力の強い鰻とはいえ、きちんと管理しないと病気にかかることもある。沼や川から釣り上げたものをそのまま店に出せば、やはり生臭い。鯰《なまず》や亀ほどではないが、泥を吐かせる意味もあって、きちんと面倒を見なければならないのだ。

鰻は万葉集にも出てくるほど、古くから日本人が好んで食している。

本来、蒲焼きというのは、筒切りにして串に刺して食べていたからである。その形が、蒲の穂に似ているから、蒲焼きという。匂いがかんばしいからという説もあるが、実は江戸後期までは、白蒸しにして、塩で食べていた。酢味噌や辛子酢で食べていたともいう。だから、かんばしい匂いは江戸に入ってからである。

うな丼は、文化《ぶんか》年間（一八〇四〜一八一八）に、大久保今助という芝居の金主、つまり芝居作りに金を出す者が、御飯に載せたのが始まりだという。ちなみに、うな重は、時代がずっと下って、「重箱」という店が始め、それが広まったという。だが、その食し方は、昔からあった。

とはいえ、「うな重」のように沢山の鰻を扱うとなれば、鰻漁師から得るだけのものでは到底、足りない。今でいう養殖の真似事をしてみたものの、そもそも稚魚が何処から来るかも知られていない魚だから、育てることは難しかった。だから、自然の川と近いものを土蔵の中に作り、品薄にならないように努力していたのである。

風はさらに強くなったが、店に変わったことはなかった。

「火の元は大丈夫やな」

きちんと確認して、表に出たとき、ふいに数人の男が立ちはだかった。

「?……」

訝《いぶか》って目を凝らしたが、見たこともない顔ばかりであった。風で提灯の火はすぐに消えてしまったが、月明かりでくっきりと見える。遊び人の風体である。

「鰻屋の重兵衛だな」

「……」

「おまえの寮にあった掛け軸……それは今、何処にある」

「掛け軸……?」

「惚《とぼ》けても無駄だ。あれは元々、根津権現に奉納されていたものだ。誰から譲り受けたかは知らねえが、明日の朝、根津権現の境内《けいだい》に持って来い」

「……」

「でないと、桃路がどうなっても知らぬ」

「な、なんですって!?」

「桃路をひとり屋敷に残したのが間違いだったなあ……」

慌てて戻ろうとする重兵衛の肩を、兄貴分の遊び人がガッとつかんだ。骨に食い込むくらい強い力だった。

「無駄だよ。もう、てめえの屋敷にはいねえ」

「!? おまえさん方、桃路に何を！」

「何もしちゃいねえよ。明日の朝、六つ……根津権現本殿前に持って来い」

「いえ、私は何も……」

「惚《とぼ》けるなと言っただろう。いいな」

背中をバンと叩いて、兄貴分は重兵衛を押しやった。よろよろと数歩、進んで振り返ると、もう遊び人たちの姿はなかった。

その代わりに、黒羽織の内海がぶらりと路地の陰から出て来た。

「シッ……北町の内海だ。奴らのことは俺が調べてやるから、あんたはすぐにでも咲花堂に行って、掛け軸を取り戻すんだな」

「え……？」

「若旦那の綸太郎さんとは話がついてる。これは付け火をした奴の探索の役に立とうってもんだ。悪いようにはしねえよ、桃路を助けるためにもな」

重兵衛は地獄に仏を見たかのように、両手を合わせた。

六

その足で、すぐさま咲花堂を訪ねた重兵衛に、迎え出た峰吉は、真夜中のことゆえ驚いたが、気味悪そうに、

「千客万来やで……まったく、あの絵が災いをもたらしたんとちゃうか」

と暢気《のんき》そうに欠伸《あくび》をした。重兵衛はつかみかからん勢いで、

「お願いです。あの掛け軸を返して下さい」

「なんや、藪《やぶ》から棒に」

「でないと、桃路が殺されてしまう。あ、明日の朝……朝……」

「まあまあ、落ち着きなはれ」

峰吉は寝酒を少しばかり茶碗に注いで、重兵衛に手渡した。口を潤してから、

「若旦那はおりますか」

「それがな、今宵はその掛け軸のことで、出張ってんのや」

「てことは、掛け軸は……」

「ある所に持って行ったままですわ」

「ええ？　それは困った……困った……明日の明け六つまでには、何とかなりませんでしょうか。でないと……」

重兵衛が自分たちの身に降りかかったことを話すと、峰吉は己のことのように狼狽《ろうばい》した。

まさか桃路まで巻き込まれているとは思ってもみなかったからである。

「番頭さん……やはり、あの絵には何かあるのですね」

「え、まあ、そりゃ……」

峰吉とて本店の番頭を任されていた身である。武家でいえば、家老とか譜代の家臣の立場だから、まったく事情を知らぬではない。だが、主人が不在のときに、ペラペラと他人に話すことではない。

「その掛け軸が、あなた方にとってどのように大切なものかは存じ上げませんが、とにかく桃路の命には代えられません。どうか、どうか……」

譲ってくれと嘆願した。必死な姿の重兵衛を峰吉は同情の目で見ながら、

「けどな、ご主人。今、若旦那はおらんし……その掛け軸も……」

「では、今、何処にいるのです。すぐにでも……」

「ですから、ちょいと落ち着きなされ」

いつもなら腰が浮わついているのは峰吉の方だが、ここは男の見せ所だと見栄を張って、

「あんたの気持ちは分かりました……とにかく、ここには、ほんまもんがないのやから仕方がない」

「ほんまもん？」

「ああ。贋作ならば……ある」

「贋作……」

峰吉はにんまりと笑って、

「若旦那、実はそのことで、贋作師のところへ出向いてまんねん」

贋作師とは、贋物の絵を描くのを仕事にしている者のことである。

たとえば、京には、市川君圭《いちかわくんけい》という絵師がいた。雅泉もその晩年に会ったというが、池大雅《いけのたいが》、伊藤若冲《いとうじやくちゆう》、与謝蕪村《よさぶそん》の真似を得意としていた。また、東渓《とうけい》という人は、狩野探幽や円山応挙《まるやまおうきよ》の古くなったものを贋作したり、栄斎《えいさい》という狩野探信《たんしん》の門人は、狩野尚信《なおのぶ》や久隅守景《くすみもりかげ》の贋物を描いて、それぞれ〝本物〟であると鑑定されていたほどである。

幕府や大名の御用絵師になれば、その地位と収入を保証されるが、町絵師はよほど

の後援者がつかない限り、極貧暮らしが待っている。絵の具や筆を買うのにも苦労する。かように食うに困って贋作に手を出した者もいるが、本家を凌駕《りょうが》するような絵を描いて、人々が実物と信じることを、秘かな楽しみにしていたのであろう。

綸太郎はそのような贋作者とのつきあいもあった。もちろん、贋作を描かせて売るような御定法破りはしない。今で言えばレプリカを飾って楽しむ者たちのために、それと承知で商売をしている画商などもいたが、綸太郎はそれも決してしない。本物を探すための手助けとして、使うときがあった。

此度の幽霊画も、実は江戸の東野《ひがしの》山峡《さんきょう》という町絵師に描かせていたのである。むろん、綸太郎は本物を見たことがない。よって、上条家に伝わる文書などをもとに、元信の筆致で描かせたものを所持していて、江戸に来た折から、画商や骨董屋仲間などを通じて、アタリをつけていたのである。

そこで目星をつけていたのが、根津権現にあると言われるものだったのだ。

「――これどす」

峰吉が二階から持ってきた掛け軸は、よく注意して見ても、先日、重兵衛が持ってきたものだった。汚れや日焼けなどの程度も、その時代の感じを出すために合わせて作らせたから、素人の目には区別がつかなかった。

「本当にこれは贋物なんですか」

「ああ。そいでもって、おまえさんが持ち込んで来たのは確かにほんまもんで、今、贋作師の所に入り浸って、改めて本物と同じものを作らせておるのや」

「何のためにです……」

「それを言うたら叱られる……てか、私にも内緒のことらしい。けど、これが贋作ちうことは間違いおまへん。そやから、この掛け軸を、明日の朝、根津権現に持って行けばよろしい」

自信たっぷりに言う峰吉に、重兵衛は不安そうに見やって、

「もし、贋物とバレたら桃路は……」

「案ずることはありまへん。たとえ当代一流の鑑定眼を持つ者が見ても、ぜったいに分かりませんやろ」

「……本当に？」

「疑り深い人やな。いずれにせよ、これを持って行くしか手がないのと違いますか？」

するすると掛け軸を巻きはじめた峰吉は、なんなら咲花堂の番頭として、同行してもよいと力強い言葉を発した。

「ありがとうございます。そうして下されば助かります」

「冗談やがな。私は恐いの苦手やさかいな」

あっさりと前言をひっくり返した。


その頃、内海は重兵衛を脅した遊び人の後を尾けていた。

風のせいか、雲の動きが速く、さっきまでの月の光を遮《さえぎ》っていた。町木戸はすべて閉じられているが、奴らは梯子《はしご》を巧みに使って乗り越え、外濠沿いの武家地へと向かい、市谷御門《いちがや》近くの屋敷の前に立った。一刻近くうろついていたのは、内海の影に気づいたからかもしれぬ。

海鼠塀《なまこべい》に囲まれた鬱蒼《うっそう》とした長屋門の屋敷は、大名か上級旗本の住まいであることを物語っていたが、

――はて、ここは誰だったたか……。

内海は俄に思い出せなかった。すぐ近くには御三家尾張《おわり》様の屋敷がでんとある。

遊び人たちが潜り戸を叩くと、中間《ちゅうげん》が顔を出して、辺りを憚《はばか》るようにしながら、招き入れた。御法度の賭場でもあるのであろうか。それにしては、物々しい雰囲気もあった。

「そうか……ここは元々は、改易《かいえき》になった旗本美濃部《みのべ》様のお屋敷……その後は確か、松平《まつだいら》様が下屋敷として使っているはずだ」

口の中でそう呟きながら、内海は背中にぞくぞくとするものが走った。

「咲花堂に関わる事件は、いつも怪しげなことに、幕府や……その裏で不気味に蠢《うごめ》いている輩《やから》が見え隠れしやがる。このままじゃ、こっちの命も危ういかもしれぬ……あの付け火のことなんぞ、調べぬ方がよいかもしれねえな」

と独り言を繰り返しながらも、初夏の夜風は意外と心地よい。辛抱して、せめて明け方まで、張り込んでみるかと、すぐ近くにある辻番の横手の路地に陣どった。

気がつくと、うっすらと東の空が明るくなっていた。とうに七つは過ぎ、間もなく六つになる刻限だ。

「――しまった。根津権現に明け六つなら、もう……」

出てしまったかと思ったとき、遊び人たちがいそいそと潜り戸から出て来た。後から、隠居風の茶人姿の男が出てきた。

その顔を見た内海はアッと声を洩らしそうになった。

――日本橋利休庵の清右衛門……こいつ、江戸に帰っていやがったか。しかも、松平様のお屋敷に逗留《とうりゅう》とは、一体、どういうことだ。

色々なことが脳裏を巡ったが、眠気もあって十分に考えることができなかった。いずれにせよ、遊び人たちは清右衛門を護衛するかのように歩き出した。

案の定、向かった先は根津権現だった。

境内は深い朝霧に包まれ、不気味なことに鳥の鳴き声もしていなかった。神が宿る森だからであろうか、厳《おごそ》かな中に重いものが漂っていた。大きな鳥居と真っ赤な神殿を目の前にしても、清右衛門と遊び人たちは何ら臆《おく》することなく、石畳を歩いた。

すでに重兵衛が来ていることを、尾けて来ていた内海の目も確認した。

ザザッと木立がざわめくと、

「持って来たか」

と遊び人が声をかけた。

隠居姿の清右衛門は何も言わずに、静かに見守っている。

「――はい。ここに……」

桐の箱ごと差し出すと、手を出して受け取ったのは清右衛門だった。

「拝見致しましょう」

野太い声の清右衛門に圧倒されるように、重兵衛は見守っていた。朝露に濡れるのも構わず、本殿脇の縁台に広げた清右衛門は、まじまじと掛け軸を眺めた。

「旦那さん……こんな所に広げても構わないので？」

遊び人のひとりが聞くと、

「本物ならば、燃えもせず、濡れもせず、破れもせず、朽《く》ちもしない」

清右衛門は淡々と答えた。その意味は分からず、遊び人とともに重兵衛も息を呑んで、じっと立っていた。

「あの……桃路は、どこですか」

「本物だったら渡す。そう言ったはずだ」

と遊び人の兄貴格が鋭い目を向けた。重兵衛はびくっと首を竦《すく》めただけで、何も言い返すことはできなかった。

「ふうむ……」

重苦しい溜息をついた清右衛門は、なるほどなと頷いてから、

「どうやら、重兵衛さん。あなたは桃路という芸者を見捨てるつもりのようですな」

「え？」

「これは明らかに贋作」

「どうして、あなたに、そんなことが……」

「分かるのかって？　私は日本橋利休庵で、御公儀目利所の本阿弥家とも深い繋がり

のある者……名前くらいは聞いたことがあるでしょう」

「り、利休庵……」

「嘘をつかれては、仕方がありませんねえ……」

清右衛門がちらりとならず者を見やると、すぐさま何処かへ立ち去ろうとした。すがるように土下座をして、

「お、お待ち下さい。私は贋作かどうかなんて知りません。それは……それは神楽坂咲花堂から返して貰ったものです」

「返して貰った」

「はい。本物は確かに焼け残って……いや、まったく焼けずに残っていた掛け軸があって、それが気味悪くて預けていたのです」

「では、贋物を戻されたと？」

「――はい」

重兵衛は綸太郎を裏切ったようで、胸が苦しくなった。だが、このまま桃路を殺されては元も子もない。正直に言うしかなかった。

「そうですか……そういう事情ならば、後一度だけ、機会をあげましょう」

「なんなりと……」

「咲花堂を火事にしなさい」

「ええ？」

「そうすれば、本物の掛け軸だけが焼け残る。それを持ってくればよろしい」

「そ、そんな……」

「嫌ならば……」

と清右衛門が頬を不気味に歪めたとき、ブンと唸る音がして、一本の小柄《こづか》が掛け軸の上に突き立った。

鳥居を潜って現れたのは、綸太郎であった。

「おい、清右衛門。何を陰でチョロチョロしとるのや」

「これは若旦那……」

「若旦那やない。何もかも、自分の思うとおりになると思うたら大間違いやぞ」

「これは大層なお叱りで……でも、本当に、こいつら桃路を殺しますよ。若旦那もぞっこん惚れてる桃路を」

ニンマリと清右衛門が笑うと、重兵衛は胸を締めつけられる思いで、ふたりの顔を見比べていた。遊び人たちが匕首《あいくち》を抜き払うのを止めて、

「そんな贋作を扱うてると、手が後ろに回りますよ、綸太郎さん」

と苦笑しながら立ち去っていった。

今手出しをすれば、人質がどうなっても知らないという顔だった。綸太郎も見送るしかなかったが、

「――重兵衛さん。あんたの店の鰻飯は本当に美味しい。鰻もタレも本物だからこそ、あの味が出せる。それほど、まっとう正直な人だと信じていた。なのに、贋物を持って来るとは……少々、がっかりですな」

自分のことは棚に上げて、飄々と説教する清右衛門に、綸太郎ははっきり言った。

「清右衛門……今度こそ、おまえに災いが及ぶやろう。覚悟しとき」

「へえ。よう覚えときます」

すっかりと明るくなった参道を戻る姿を、歯嚙みして見ている綸太郎のそばに、木陰から内海が駆け寄った。

「綸太郎さんよ、あれじゃ桃路を殺せと言うようなものだ」

「……内海の旦那。見てはったんですか」

「せっかく、向こうの出方を探ろうと思っていたのによ」

「いや。あの清右衛門ちゅう男、下手に策を弄するより、真っ向から挑んだ方が弱い。意外と撃たれ弱い奴なんや」

「でしょうかねえ。聞いて驚くなかれ……」

背後に松平定信《さだのぶ》がいることを、内海は示唆《しさ》した。だから、素直に本物を渡して、この一件は落着した方がいいと話した。

「なるほど……だったら余計、渡したらあかんな……死んでも、渡さへん」

綸太郎はさらに決意を固めるように、強く拳を握り締めた。

七

同じ日の昼下がり――。

咲花堂に、幇間《たいこもち》のオコゼこと玉八が転がり込んで来た。汗びっしょりで、はしょっている着物の裾から、水滴がしたたり落ちるほどだった。

「どうやった、オコゼ。分かったか」

桃路がいなくなってから、玉八はひとりで探っていたのだ。その夜、重兵衛の屋敷に迎えに行ったとき、桃路がいないことに気がついた。開けっ放しになった障子窓、履物が置いてあるまま、火鉢に湯をかけたままと不審な様子だったので、嫌な予感がして探していたのだ。

「重兵衛さんの寮で火事があってから、俺はその身辺を調べてたんだ。そりゃ桃路姐さんが嫁ぐ先ですからねえ、気になるのは当たり前でしょ？」

「うむ。で、桃路の居場所は？」

「まだはっきりとはつかんでねえ。けど、殺すようなことはねえと思いやす」

「どうして、そう思う」

「殺す気なら、その場でやってますでしょう。相手は、若旦那の掛け軸が欲しいだけです。この際、やってしまえばどうです？」

「乱暴なことを言うなあ」

「どっちがですか。姐さんの命がかかってるんですよ」

玉八はいつになく強い口調になった。いや、元々は遊び人だ。腕っ節が強いわけではないが、性根は据わっている。

「今度のことはね、若旦那……あんたのせいだと思いやすよ」

「俺のせい……まあ、そう言われれば、そうかもしれぬな」

「そんな暢気《のんき》な言い草がありますかッ」

もう一度、きつい言葉を吐いて、

「姐さんはね、若旦那に助けて貰いたいんだ」

「俺に？」

惚《とぼ》けたような目になるのへ、玉八は苛立って、

「本当にそう思ってるのかい？　だったら、あんたは分からず屋のコンコンチキでえ。たった今、兄弟杯を返させて貰わあッ」

「兄弟杯なんぞ、交わしたかいな？」

「黙って聞きやがれ。いいか、桃路姐さんが、どうして重兵衛さんに引かれたいか、あんた分かってるのか？」

「重兵衛さんはいいお人や。商売は人助けやというて、事実、困った子供たちを……」

「そんなこと聞いてねえ。姐さんは昔から世話になってる『喜久茂《きくしげ》』の女将さんのために、〝身売り〟するも同然なんだ」

「置屋の女将のため……」

「ああ。病で寝込んでるのは、旦那も承知してるだろ。そりゃ、あの歳だから、そろそろ隠居してもいい頃だ。けど、他の芸者衆のことが心配で、なかなかできない」

「…………」

「そこで、出て来た話が、桃路の嫁入りだ。重兵衛さんの後家に入ったら、『喜久茂』

が助かる。お金がドンと入る上に、引き続き置屋の面倒も見てくれるってんだ。剛毅な話だが、要は金にモノを言わせて取り引きしたも同じなんだ」

「——重兵衛さんは、そんな人やないやろ。それに、桃路も心底、惚れてると……」

「ッたく、どこまで鈍いンでえ」

吐き捨てるように、玉八は言った。

「旦那は刀剣の目利きは立派だが、女心を見る目はさっぱりだな……理由はそれだけじゃねえ。姐さんは、若旦那から身を引くために、決心したんだよう」

「身を引くため？」

「また鈍いなあ。あんたには京の、春菊《しゅんぎく》という舞子を娶《めと》ることを決めてるだろう。父親も認めてるそうじゃねえか」

「峰吉が余計なことを言うたな？」

「知るけえ！　桃路姐さんは、そのために身を引こうとしてンだよ！」

つばきがかかるくらいに顔を近づけて、玉八は綸太郎に怒鳴った。

「本当は、若旦那も薄々、勘づいていたんじゃねえのかい？」

「…………」

「まったく、そういうところがズルいんだよ、京男はッ」

「そうか、桃路がそんな思いをな……」

「じゃねえっつんだよ。いいかい？　姐さんはひとりで泣いてたんだ。ああ、俺は見たんだよ。このところ、いつものように、座敷の帰りはひとりになりたがる……」

　ドンチャン騒いで、三味線や踊り、謡《うたい》などを披露しているときの桃路は、天真爛漫《てんしんらんまん》な明るさで、座敷を煌々《こうこう》と照らしている。その朗《ほが》らかさが、桃路らしい座敷あしらいだった。だからこそ、長年の贔屓《ひいき》も多いのだ。

　だが、その座敷が終わった途端、ぐったりなっている。本来なら、座敷が終わっても、二軒、三軒と飲み歩くほどの酒豪なのだ。なのに、

「それはもう……心身が離れてる、というやつだ。姐さん、重兵衛さんと一緒になるの、きっと嫌なんだよ、本当は。いや、嫌ではないかもしれないけどよ、心から添い遂げたいのは、若旦那、あんたの方だ……俺には分かるンだよ。俺は見てられねえんだよ……あんな元気のねえ姐さんはよう」

　玉八は我が事のように、涙を流しながら、悔しそうに膝を叩いた。

「その姐さん……この江戸の何処かで、助けてくれるのを待ってるんだ。重兵衛さんじゃなくて、若旦那が迎えに来てくれることを……だから、なんだか知らねえが、そんな掛け軸くれちまえよ」

「…………」

「あんた、いつも言ってるじゃねえか。どんな高価な骨董でも、人の命と換えてまで奪おうとする奴は許せねえってよ」

「それは……当たり前のことや」

「だったら！」

つかみかかろうとしたとき、内海が遊び人を連れ込んできた。今朝方、清右衛門と一緒にいた中のひとりだ。

「三吉《さんきち》。俺に話したこと、ここでもう一度、言ってみな」

あの後、内海は遊び人を尾けたが、それぞれがバラバラになったところで、一番、気弱そうな奴をとっ捕まえて、自身番で叩いた。すると昔から溜まりに溜まった埃《ほこり》が、どんどん出てきた。

下手をすれば死罪になるが、今般のことをすっかり話せば、お咎《とが》めなしで、江戸から放ってやると約束した。その上で、兄貴分たちを捕らえれば、命を狙われる心配もあるまいと籠絡したのだった。

「さあ、言ってみな」

内海は、三吉の背中をドンと叩いた。

「へ、へえ……あの不審火……『うな重』の寮に火を付けたのは、おいらだ」

「誰に頼まれた」

「利休庵清右衛門さんに……」

「何のために」

「それは、おいらはよく知らねえ……頼まれただけだ、付け火を」

「そいでもって、どうした」

「掛け軸とやらが、なくなったので、桃路って芸者を人質にして……」

「どこへ連れてった」

「——松平定信様の上屋敷……」

「市谷御門の下屋敷ではなく、田安《たやす》御門内の上屋敷だな」

「へ、へえ……」

内海はドンと突き放すと、

「てことだ、若旦那。どうする。これでも、逆らうつもりかい？」

「…………」

「どうなんでえ。あんた、本当はどういう人か知らねえが、俺は……」

「そうどすな……これは、やはり考え直さなならんな」

悠長に構えている綸太郎に、玉八はさらに苛立ちを覚えたが、次の言葉に慄然《りつぜん》となって立ち上がった。

「事と次第では、俺が松平定信様を斬る」

八

とっぷりと日が暮れてから、綸太郎は一幅の掛け軸を抱えて、松平邸の門を叩いた。

まるで訪問を知っていたかのように、すんなりと屋敷内に通され、雪舟《せっしゅう》画のような中庭に面した離れに招かれた。今にも降り出しそうな曇天が、一層、墨絵のような雰囲気を醸し出している。

「これはこれは、綸太郎殿」

うっすらと笑みを浮かべているものの、それは能面のように冷たく、血が通っていないようであった。松平定信は本来ならば、将軍の座についても不思議でない人物であったが、田沼意次《たぬまおきつぐ》や一橋治済《ひとつばしはるさだ》の奸計によって、奥州白河《しらかわ》藩の藩主に収まっていたが、幕府の中枢である老中になってからは、めきめきと政の能力を生かし、今や誰にも代わることのできない存在になっている。

もう何度も顔を合わせている相手だが、綸太郎はどことなく落ち着かなかった。

「かような刻限に何用かな？」

「面倒臭いことはなしにしましょう」

「というと？」

「桃路を返して貰いたい。芸者の桃路が、この屋敷に、かどわかされて来ていることは分かっております」

「おお、桃路ならば、たしかに屋敷におるぞ」

「…………」

綸太郎は食い入るように睨みつけた。定信の方は、さらりと受け流して、

「屋敷にて、色々と芸を見せて貰っているのだ。いや、噂通り、なかなか楽しい芸者だ。そういえば、綸太郎殿とも昵懇《じっこん》であったな。うむ、桃路もそう申しておった」

戯《ざ》れ言だとは分かっていたが、あえて反論はせず、綸太郎は相手を見据えたまま、そろりと掛け軸を差し出した。

「狩野元信のもの……と思われる掛け軸。我が上条家に伝わるべきものどした」

「…………」

「これが所望でしたので、ございましょう？」

定信は黙ったまま、掛け軸に目を落とした。そして、おもむろに眺めてから、

「たかが女ひとりのために、かような大事なものを手放す、というのか？」

「仕方がありまへん。人の命が大事。おそらく、私の先祖も、同じことをしたのでしょうな。ええ、たしかに同じことを」

「どういう意味かな？」

「承知しているはずですが？」

「とんと……」

分からぬと定信は首を振った。すぐさま綸太郎は、懐から一本の筆を出して、

「これだけは、残っているのです、上条家に……」

と相手に渡した。

「じっくりとご覧あれ。定信様ほどのお人であるならば、それが元信の筆であること。そして、その筆で、この幽霊を描いたこと……分かりますよね」

「…………」

「これは、私の先祖の前で、元信が描いたものと言われております。唯一無二のもの。これには、我が先祖の命が吹き込まれていると言ってもよいでしょう」

じっと見つめる定信に、綸太郎はさらに詰め寄った。

「如何《いかが》」

「はて……儂は書画骨董にはとんと……」

「ならば、なぜこの掛け軸を所望に？」

「…………」

「これは、我が家の家宝のひとつ。それを奪ったのは、徳川家康公と言われております。私の先祖の美しき妻を人質に取って……」

「まさか」

定信は小馬鹿にしたように笑みを洩らしたが、綸太郎は真顔のまま続けた。

「権力を持つ者は同じ事を繰り返すのでございますな。この掛け軸が、どのような意味があるか、定信様は篤《とく》と知っているはず。そして、何をかなさろうとしている。違いますか？」

「戯れ言もその辺にして貰いたい。ましてや、神君家康公を愚弄《ぐろう》するような言葉は断じて慎まれたい。でないと……」

「でないと？」

「――まるで喧嘩腰であるな」

綸太郎はズイと進み出て、掛け軸を掲げて、床の間に飾ってあるものと差し替えた。

「この絵は……実は、私の先祖の妻を描いたものだったとか。つまり、初めから幽霊ではなく、家康公の手に渡ってから、かように変わったとも思われます」

「ばかばかしい……」

「この絵を手に入れれば、徳川家は逆に滅びるやもしれませぬぞ」

「黙れ、黙れ！　言わせておけばッ」

立ち上がった定信は、思わず脇差を抜き払った。

「斬る、というのですか？」

睨みつけた綸太郎越しに、定信は何やら大声を発した。

すると、襖が開いて、清右衛門が入って来た。綸太郎はまったく驚かなかった。気配はずっと感じていたからである。

「またぞろ贋作を持ってきましたか、若旦那」

清右衛門も見下したような笑みを浮かべながら、掛け軸の前に立った。しばし、見つめてから、鼻で笑い、

「定信様。これは真っ赤な贋物。思う存分、切り裂けばよろしいと存じます」

シタリ顔で頷いた定信は、脇差でバシッと斬りつけた。

次の瞬間、ガキン――と音がして、切っ先が跳ね返った。

「!?……」

掛け軸はゆらゆらと揺れているが、まったく切り傷はついていない。

「ど、どういうことだ……」

さらに、二太刀、三太刀を浴びせたが、跳ね返るだけである。そのたびに揺れる幽霊の窪《くぼ》んだ目が、定信を睨みつけているようであった。

その様子を見た清右衛門もまた唖然となっていた。

「そんなばかな……」

傍《かたわ》らの行灯《あんどん》から、火を持った清右衛門は素早く掛け軸に移そうとした。だが、炎は起こるどころか、誰かが吹き消したように消えた。もう一度、同じことをしたが、燃え移ったかに見えたが、やはり次の瞬間には消えている。

「どうや、清右衛門……これでも、贋作というのか」

「こ、これは……」

「京の咲花堂本家の番頭を務めたおまえや。よう知ってるやろう。この掛け軸は、他の刀や茶器とともに、心の濁ったものが持つと、えらいことになると」

「…………」

「そやけど、こうして持って来た。早う桃路を返しなはれ……」

「…………」

「早う返せ！」

綸太郎が鋭く叫んだとき、清右衛門はヘナヘナと座り込んで、腰が抜けたように手先で床を支えようとしていた。

定信はよほど肝が据わっているのであろう。

「さようか……これが、上条家のな……」

そうぽつりと言うと不気味なほどの笑みを浮かべて、

「相分かった。桃路は返す。安心せい。これさえ手に入れば、無駄な殺生はせぬ」

「——時雨春風……あらゆる生き物が穏やかに暮らせるように政を行う……それが定信様……あなたのお考えだったはずや。なのに、どうしてですか」

その問いかけに、定信は何も答えることはなかった。


数日後。

桃路は、重兵衛から嫁入りを断られた。その訳は、

――助かったとき、桃路はまっさきに、綸太郎の腕に飛び込んだ。からだという。

実は、そのとき、重兵衛も内海も玉八も、一緒に松平屋敷に招かれて入っていた。事と次第では、皆殺しにするつもりだったのであろう。

だが、桃路は解き放たれたとき、誰も目に入らず、綸太郎に駆け寄って抱きかかり、崩れるように泣いた。それを目の当たりにした重兵衛は、

――桃路の本音が分かった。

と思ったというのだ。だからこそ、きちんと断りを入れて、

「綸太郎さんと、幸せになって下さいよ。あ、いや、置屋の方の話は別です。私にすべて任せて下さい」

そう対処してくれたというのだ。

「綸太郎さん……」

桃路が日傘をくるくると廻しながら、下駄を鳴らして咲花堂の表に立ったとき、綸太郎もまた愛おしさを増していた。

いつもは薄暗い神楽坂の路地にも、陽光が満ち溢れていた。

# 第二話　名残りの茶碗

一

江戸橋近くにある活鯛《いけだい》屋敷には、将軍家が食する魚の生け簀《す》がある。日本橋に揚《あ》がる魚の中から最も活《い》きがよくて、高いものが集められる。それらは買われるのではなく、献上するのだから、庶民は余り物を食べさせられる気がして、しょうがなかった。とはいえ、その分、町の冥加《みようが》金は安くなるから、町の活気に役立っていた。

朝千両と呼ばれるほど勢いのあるこの界隈の一角にある新右衛門町《しんえもんちよう》に、その鋳掛《いかけ》屋《や》はあった。

鍋や薬罐《やかん》から桶、甕《かめ》、さらには履物や大工道具まで、壊れたものはなんでも直してしまう。普通なら鋳掛屋は色々な町に出向いて、御用聞きをするものだが、この鋳掛屋甚五郎《じんごろう》は腕がよいからと、大概のものは持ち込まれた。もっとも足が悪くて、出歩けない。その分、娘のお葉《よう》が仕事を取ってきていた。いつもお日様のように明るいお葉は、まだ十六になったばかり。日本橋界隈でもよく知られた娘で、

「お葉ちゃんに頼まれちゃ、壊れてねえもんを壊してでも、仕事を頼まア」

とデレデレとなる若い衆も多かった。

この日は、隅田《すみだ》川の川開きの花火があるので、誰もが日が暮れる前から出かけていたせいか、町内は水を打ったように静かだった。
・
「ごめん。甚五郎はおるか」

訪ねて来たのは、四十がらみの総髪浪人だった。浪人の割りにはこざっぱりしていて、金に困っている風貌ではなかった。

「あの……どちらさまでしょうか」

「いるのか、と聞いておる」

「あ、はい……」

たまに武家が訪ねてくることはあったが、大概は、近くの松平和泉守《いずみのかみ》か細川越中守《えっちゅうのかみ》の中間《ちゅうげん》が用事で来るくらいだ。見知らぬ顔だったから、お葉は少し訝《いぶか》った。たしかに身なりはよいが、じっと見る目がどことなく鈍く光っていたからである。

「足が悪いもので、奥にいますが……」

お葉が言うなり、浪人はズケズケと押し入って来た。足下にある直しかけの鍋などを蹴散らす勢いだった。

奥といっても、長屋の壁を突き抜いて隣を使っているだけである。甚五郎の仕事場にしているのだが、当人は自分の居所として気に入っていた。

浪人はキョトンとなった甚五郎の顔を見るなり、

「茶碗を出せ。例の赤楽《あからく》茶碗だ」

「——は？」

「惚《とぼ》けても無駄だ。こっちはきちんと調べてきておる」

「なんでえ、なんでえ。人の家に土足で踏み込みやがって」

甚五郎は不快な顔を露《あら》わにして、不自由そうに両手を使って体を浪人に向けると、手元にあった灰を投げつけた。鉄瓶などを研磨するためのものである。

浪人は腰の刀に手を当てて、鯉口を切って、今にも抜き払う仕草で、

「出さぬと言うなら、これにものを言わせてもよいのだぞ」

と脅したが、甚五郎は妙に落ち着き払った様子で、まったく恐がっていない。そんな姿を見たお葉の足の方が震えていた。

「いきなり物騒なお侍さんだ。娘が恐がってるじゃねえか」

「死にたくなければ、出せと言っている」

「だから、何を」

「赤楽茶碗だ」

「さっきから茶碗、茶碗と、こちとら犬ころじゃねえんだ。それに俺は、赤楽だか黒楽だか知らんが、茶碗なんぞ持ってねえ」

「……そうか、あくまで惚けるならば、おまえの昔の素性をここで明かしてもよいのだぞ。娘の前でな」

そう睨みつけた浪人を、甚五郎は目の色を変えて見上げた。お葉もその変容を見逃さなかったが、何も言わずに心配そうに見守っていた。

「どうだ。渡すか」

さらに浪人が詰め寄ると、甚五郎はわずかに困惑しながらも、

「俺の昔……お侍さん、そりゃ、一体、なんですか。別に人様に探られて痛い腹なんぞ、持ち合わせていやせんがね」

「さあ、どうだかな」

「だったら、おっしゃって下せえ。この鋳掛屋甚五郎、天地神明に誓って、人様に後ろ指さされるようなことはしてねえつもりだ。誰かと間違えてるんじゃねえのかい？」

鋭く見上げた甚五郎の目つきは、娘が見ても、

——只者ではない。

というくらい異様なものがあった。お葉が初めて見た父親の表情だった。

その面相に怯《ひる》んだわけではないだろうが、浪人は鯉口を戻して、

「俺にも国元に残した娘がひとりおるゆえな……親父のことで心を痛めさせたくはない。今日のところは引き上げるが、小伝馬町《こでんまちよう》に『三善屋《みよしや》』という旅籠《はたご》がある。そこに、改めて誰かに届けさせるがよい」

「………」

「ああ、俺は元紀州藩士、近衛又十郎《このえまたじゆうろう》……そう言えば分かるはずだがな」

「近衛……」

甚五郎の目に動揺が広がった。だが、娘の手前、懸命に耐えていた。明らかに何かを知っている顔である。

「分かったな」

念を押した浪人は、改めて睨みつけると、そのまま立ち去った。

「お父っつぁん……一体、誰なんだい？」

心配顔で、お葉は甚五郎の側に寄ったが、

「おまえの案ずることじゃねえよ」

と、いつもの穏やかな笑みをたたえて、仕事に戻った。

「ねえ、お父っつぁん……」

「何でもねえと言ってるだろ。あの侍は何か勘違いをしてるんだ」

「でも、元紀州藩士って聞いたとき、お父っつぁんは……」

「奴が言いたかったのは、俺が昔は鉄砲鍛冶《かじ》をしていたことだろう。紀州には根来《ねごろ》や雑賀《さいか》というお庭番と繋がる〝草の者〟たちがいた。忍びのことだ」

「忍び……なんだか恐い」

「俺はその一族のひとりで、鉄砲鍛冶をしていたことがある。知ってのとおり、手先が器用だからな。これでも俺が作った鉄砲は、紀州藩主が直々に手にして下さったこともある。別に隠すことは何もない。ただ、この泰平《たいへい》の世だ……鉄砲の話はあまりしたくねえんだ。この足も……」

　と右足をしみじみとさすって、

「暴発した鉄砲のせいで傷めてしまったからな」

「……そうだったんだ」

　お葉は承知したように頷いたが、新たな疑問を抱いたように振り向いて、

「でも、お父っつぁん……だったら、私のおっ母さんは誰だったんだい？」

「え……」

「やはり紀州の人なのかい？」

「……………」

「今まで、こんなことちゃんと聞いたことない。けど、ずっと引っかかってた」

困ったように目を伏せて、壊れた鉄瓶を直しながら、甚五郎は言った。

「そんなに知りてえか」

「うん、そりゃ……」

「母親はおめえを捨てて逃げた女だ。何処で何をしてるかも知れねえ。だから、話したくなかった。――忘れてえんだよ……おまえは、お父っつぁんひとりが親だと、ダメなのかい？」

「そんなことない……」

お葉は続けて何か言いかけたが、

「ううん。いいんだ、二度と聞かない。私は、お父っつぁんのそのデップリしたお腹ン中から出て来たんだ。えへへ」

ニコリと笑って、仕事場から弾むように出て行った。

「――お葉……」

すまねえなという言葉を飲み込んで、甚五郎は小さく溜息をついたが、ふと人の気配に気づいて、開け放たれた障子窓の外を見やった。

垣根の外に、遊び人風の男がひとり、ぽつねんと立っている。

「…………」

甚五郎が首を傾げて、声をかけようとすると、男は逃げるように、その場から消えた。年は二十歳《はたち》ぐらいであろうか。続けざまに訪れたまったく見覚えのない顔に、甚五郎は妙な不安を覚えた。

——まさか……。

茶瓶をつかんでいる手が微かに震えた。

二

上条綸太郎が『三善屋』に呼び出されたのは、同じ日の夜のことだった。小伝馬町にはあまり用がないので来たことはない。ここは、訴訟のために江戸に出て来た農民らが泊まる公事《くじ》宿である。

牢屋敷があるから、近づきがたい人もいるが、実は太物《ふともの》問屋など大店《おおだな》が集まっている所で、日本橋よりも賑やかだった。

二階の部屋からは、往来する商人の姿が波のように見える。そこで待っていたのは、甚五郎を訪ねて来た浪人だった。もちろん、綸太郎は甚五郎のことなど知る由もない。浪人は近衛又十郎と名乗ってから、

「前置きは抜きにして……」

赤楽茶碗について聞きたいことがあると、唐突に話してきた。

「――赤楽茶碗……」

綸太郎にとっては、すぐに飛びつきたいような言葉だった。だが、見知らぬ浪人を相手に、いきなり心の裡《うち》を見せることはなかった。

「元紀州藩士とおっしゃいましたが、私と何か関わりがあるのどすか？」

「大ありだ。上条家からは、何代か前に、藩主の側室に入った女がおるはずだが？」

「さあ、聞いたことがおまへんな」

「鈍い奴だな。おぬしの先祖の家宝を紀州家に届けたということだ。紀州徳川家と繋がりを持って、上条家も箔《はく》を付けたかったのであろうよ」

「お言葉ですが、徳川家よりも上条家の方がよほど古い家柄どす」

「そんなことを気にするようでは、おぬしも大した人間ではないな……とにかく、その家宝の茶碗を盗んだ盗賊がおる」

「盗賊……」

「もう十数年も前の話だがな」

「そんな昔のことを、どうして今頃……」

「おぬしが理由を知る必要はない。ただ、それを松平定信の手にだけは渡したくない。そう当家から命じられてな」

「当家……あなたは先程、元藩士で今は浪々の身と言わはったが」

「あえて藩を脱して後に、主君のために働くのが隠密というものだ。上条家の若旦那だからこそ話したが、他言無用。でないと、上条家の存亡にも関わろう」

意味深長なことを言って、近衛はニンマリと口元を歪めた。ぞくっとするような笑みだった。綸太郎には、この男の狙いが何かはかりかねたが、

――赤楽茶碗を狙っている。

ことだけは確信した。

楽、萩《はぎ》、唐津《からつ》が茶碗としては有名だが、中でも楽焼きは最も重宝されているものである。秀吉は赤楽を好んで使い、侘《わ》び寂《さ》びを重んじた利休《りきゅう》は反対に黒楽をよく用いたと言われる。

赤は血を思わせる。よって、時の権力者の胸を高鳴らせる何かがあるのであろう。

戦《いくさ》に明け暮れて、流した血を思い出すからであろうか。

だが、茶人が赤楽をあまり使いたがらないのは、見た目が派手だからではない。低い熱で焼いた赤楽は割れやすいからである。黒楽は、萩焼きや唐津焼きと同じく、高い熱で仕上げるから、かなり堅い。その方が、繰り返し茶事に出す茶碗に相応《ふさわ》しい。

それゆえ、赤楽が残っているのも珍しい。脆《もろ》い茶碗を家宝にすれば、御家の安泰も揺らぐとして嫌われることが多いが、紀州家が赤楽を代々、受け継いでいるとは綸太郎は知らなかった。

もっとも、上条家は赤楽茶碗を好んでいた。綸太郎が江戸で探しているものも、赤楽である。だから、近衛からその話を聞いたとき、心が躍《おど》ったのだ。しかも、上条家から〝嫁いだ〟ものならば、是非にでも会ってみたい。もしかして、

——三種の神器。

かもしれないからだ。

「綸太郎殿。おぬしには、盗まれた茶碗が本物かどうかを鑑定して貰いたい」

「…………」

「贋物を持ち帰るわけにはいかぬのでな」

「よろしいおます。ただし、ひとつだけ条件がございます」

「条件？」

「本物の赤楽と分かったときは、しばらく……そうですね、二、三日は私に預からせて貰いたいのです」

「なんだと？」

「珍しい茶碗ならば、この手でじっくり見たいのが目利きの性《さが》というもの。それに、どのような骨董でも、少なくとも一晩や二晩は一緒に寝ないと、真贋はなかなか見抜くことはできまへん」

「真贋……」

「へえ。それはモノだけやのうて、あなたという人間を見るためでもあります」

「………」

「紀州は、何者かに茶碗を盗まれたということですな。そのことを知った松平定信様が、我が物にしようとしている。それを邪魔をするために、あなたが……」

胸の裡を見抜いているとでも言いたげに、綸太郎は近衛を見据えた。

「なるほどな……さすがは上条綸太郎だけのことはある。人の心の真贋まで鑑定するというのか。面白い。我ら紀州御庭番十七家の者たちの心には嘘も信もない。あるのは主家への忠誠心のみだ」

「ならば尚更、見てみとうなった」

「ふむ。好きにするがよい」


狙いの赤楽茶碗を隠し持っているのは、鋳掛屋の甚五郎だということだが、綸太郎とは何の関わりもなかった。

峰吉はさりげなく甚五郎に近づいて、その茶碗が紀州藩の赤楽かどうかを探ってみると言い出した。あまり当てにはならぬが、近衛が力ずくで奪うよりはよほどよい。

「しかし、おまえじゃ、逃げてしまうかもしれへんな、茶碗の方が」

綸太郎がからかうように言うと、峰吉は憤然となって、

「どういう意味どす？」

「もし、それがうちの〝三種の神器〟だとすると、心疚《やま》しい者が触ると、そやつの手が腐ってしまう」

「え？」

「そやから、茶碗の方が遠慮して、離れて行くのや」

「また訳の分からんことを……若旦那、アホなことを言うてる間に、他の仕事に精を出してくなはれ。でないと、ほんま神楽坂咲花堂は赤字ばっかりで、どないもなりま

へんえ」

「それは番頭のおまえが骨身削《けず》ってやるべきことや。ま、せいぜい茶碗を触って手が腐らぬよう祈っておるわい」

「若旦那……」

呆れ顔になった峰吉は、少しばかり不安な声に変わって、

「それにしても、その赤楽茶碗とやら、一体、上条家にとって何だと言うのどすか。私も長い間、咲花堂にはお世話になっておりますが、本店のご主人にもあまり聞いたことがおまへんが」

「上条家にとっての話やない」

「と言いますと？」

「天下の政に関わる話や」

「まつりごと……」

綸太郎はこの際にと思い、峰吉に三種の神器について、あらかた話して聞かせた。

「おまえのように邪心だらけの者が、三種の神器を手にすると、世は乱れ、人々は塗《と》炭《たん》の苦しみを味わうことになる。下手をするとまたぞろ戦国の世のようになって、泰平が脆くも崩れてしまう」

「私みたいな邪心だらけて……こんな綺麗な心の持ち主を捕まえて、何をおっしゃいます。それに茶碗ひとつが天下を変えるとは、到底、思えまへん」

「そこが、おまえの愚《おろ》かなところや。信長公、秀吉公、家康公と伝わった茶器が、いかに天下人の心を左右したか、よう知ってるやろ」

「そりゃ、まあ……」

「それに、上条家に伝わる三種の神器は、鏡、刀剣、曲玉に成り代わる高貴なもの。そのみっつが揃えば、天下が安泰だが、手にする者が穢《けが》れていれば、暴君の如くなるのは目に見えている。だからこそ……」

　綸太郎は硬いものでも飲み込むようにゆっくりと、

「だからこそ、家康公が我が上条家から奪った三種の神器を、御三家に分けて継がせていたに違いない」

「ご、御三家……こら、また話が大きゅうなりましたな」

「冗談やあらへん……」

　掛け軸は御三家筆頭格の尾張家に、茶碗は紀州家に、そして刀は水戸家によって保管されているはずだというのだ。

　ところが、その三種の神器は、いつの間にか、何処かへ流出し、徳川宗家はもとより、御三家には存在しないという。世間に隠すためかもしれないが、御三家の中のひとつがすべてを掌中に収めようとしている節もある。事実、尾張家にあるはずの掛軸は、火事に耐えた後、今は松平定信の手もとにある。松平定信は御三卿の筆頭格、田安家の出である。にもかかわらず、将軍は一橋家の家斉《いえなり》が就いている。三種の神器を手に入れて、自らが将軍の座に上ろうと思っていたとしても不思議ではない。綸太郎はそう思っていた。

「そら、考えすぎやおまへんか？」

伝奇じみた話に、峰吉はついていけなかった。

もっとも、上条家はもとより、本阿弥家をはじめとする刀剣目利きもそうだが、足利幕府で同朋衆《どうぼうしゅう》として将軍の側に仕えた能阿弥、芸阿弥、相阿弥は、単に建築や造園、絵画などの才能を発揮しただけではなく、〝美の力〟をもって、将軍を後ろで操っていた。

周文《しゅうぶん》、小栗宗湛《おぐりそうたん》、狩野正信らの御用絵師や京都五山僧侶たちも同じく、黒子に徹しながら、将軍が勝手に暴走せぬように巧みに目を光らせていたのである。

だからこそ、本阿弥家は、目利き所と呼ばれる。刀剣の善し悪しを見るのではない。将軍の心の中にある刃の研ぎ具合こそを、常に凝視していたのである。

「心の乱れた者、心の曇った者、心の穢れた者が天下人になれば、世が乱れる」

ということを、やがて訪れる戦乱の世を目の前にして、〝美の力〟を持つ者たちは察知していたのであろう。事実、応仁《おうにん》の乱に始まる長い戦国時代が、それを物語っている。

「なあ、峰吉、そうは思わへんか……紀州徳川家がその三種の神器を持ったがために、吉宗公は八代将軍に就いた。だが、類《たぐ》い希《まれ》な人物だったがために、天下は安泰した……だが、吉宗公ですら、その後は紀州に流れる血のみで将軍職に就けるために、清水《しみず》家も含めて御三卿を作った」

「それが……？」

「御三卿が、その三種の神器を奪い合う御家騒動が起こった。そして、松平定信様は奥州白河藩主にされてしまい、一度は将軍の座に上ることは断念したが、老中として今や権力を握っている。後は何が望みか……」

「まさか、将軍に⁉」

「そのとおりや。そのために、あの掛け軸も躍起になって手にしたかったのやろ」

「では、後は茶碗と刀……」

「紀州家は茶碗を取り戻したいやろし、水戸家は御三家で一番の武門と言われているだけに、刀は放さぬやろう……まだ水戸家にあれば、の話やが」

「それも、どこかに？」

「分からへん。ただ言えることは……」

「言えることは？」

「すべてを上条家が取り戻さない限り、争いはずっと続くということや。もし徳川の世でなくなっても、その三種の神器が世に出回っているうちは、いつ世が乱れてもおかしくはない」

「若旦那……」

峰吉の背中がぶるっと震えた。

「私はあまり関わりとうなくなりました。戦のない世、人と人が争わぬ世なんぞ、かつて一度でもありましたかいな」

「それをなくすために、三種の神器がある」

「でも、私には……かえって、人の心を乱すものにしか思えしまへん」

「人の心を乱すもの、か……うむ。それも一理あるかもしれへんな。さすが亀の甲より年の功やな、峰吉」

綸太郎は冗談半分に笑ったが、峰吉の不安はなぜか増すばかりであった。

三

「知らねえったら、知らねえんだよッ。仕事の邪魔だから帰ってくれ」

甚五郎はやけっぱちのように声を荒らげて、訪ねてきたばかりの峰吉を追い払おうとした。

どうせ、昨日、来た浪人の手の者だと思っているのだ。それは間違いではない。だが、このままでは、近衛が甚五郎を斬ってでも、茶碗を奪うかもしれない。それを心配していることを、懸命に訴えた。

「だから、何度も同じことを言わせるな。俺はそんな茶碗なんぞ、何も知らねえんだよ。まったく、何だってんだ」

「では……これで、如何かな」

峰吉は懐から袱紗《ふくさ》を出して、甚五郎の前に置いた。もっこりと分厚い。

「切餅ひとつ。二十五両あります。これで譲り受けることはできまへんか」

「！……」

「こんなことを言うては何ですが、あまりいい暮らしぶりではありまへんな。嫁入り前の可愛い娘さんにも、色々と苦労させせはってる様子。楽させてあげとうはありまへんか」

　ほんの一瞬、心が動いたようだが、甚五郎は目を細めて首を振り、

「神楽坂の咲花堂さんとか言ったな。お宅がどんな金持ちか知らねえが、金さえ積めば、何でも思い通りになると思うなよ」

「そんなこと、これっぽっちも思うてまへん」

「だったら、これは何だ」

　汚いものにでも触れるように、甚五郎は指先で突き返した。

「こちとら、渇すれども盗泉の水は飲まず。そういう気持ちで生きてるンだ。鋳掛屋は、ただまっすぐ誠意を込めて、物を直すのが商売だ。時には、人の心も直すことができる。物を大切にするってことは、そういうこった。こんな金はいらねえ。さあ、帰ってくれ」

「まあ、そうおっしゃらず。これは、茶碗への正当な対価でおます。ですから……」

「うるせえッ。ねえものは、ねえんだ！」

　手にしていた金具を甚五郎が振り上げると、峰吉はひえっと情けない声を上げて、床に尻餅をついた。そのとき、

「そんなことをしちゃいけやせんや」

と声があって、ひとりの男が入ってきた。

——おや？

見やった甚五郎はすぐさま、昨日、裏の垣根にいた遊び人風の若造だと思い出した。

「おまえは……」

「へえ。昨日も、お邪魔したのですが、お取り込み中だったようなので」

「……まったく、妙な輩《やから》ばかり来やがる」

尻餅をついたままの峰吉を押しやって、遊び人風はデンと胡座《あぐら》をかいた。

甚五郎は迷惑そうに腰をずらした。まじまじと顔を見ると、若いくせに、いかにも悪さばかりをしてきたように凶悪な顔をしていた。目尻の下にある小さな傷は、おそらく刃物を受けて出来たものだろう。

「なんでえ、人の面《つら》をじっと見やがって」

脅《おど》したつもりであろうが、甚五郎も負けてはいない。かつては鉄砲鍛冶として、紀州者として修羅場《しゅらば》をくぐってきた人間である。若造ごときに尻込みをする男ではなかった。

「てめえが勝手に人の家に入って来たんじゃねえか。じろじろ見て当たり前だ。それとも、人に顔を見られたくねえような悪さばかりをしてきたか」

「ふん。てめえに言われたかねえよ」

「なんだと？」

まるで甚五郎のことを知っているような若造の口ぶりに、峰吉も何事が始まるのかと驚いた顔で見ていた。

「名前くれえ、名乗ったらどうだ」

「笹蔵《ささぞう》ってもんだ」

あっさりと答えたが、その若造の顔をもう一度、まじまじと見て凝然《ぎょうぜん》となった。

甚五郎には、明らかに動揺の色が広がった。

「なんでえ。俺の顔に何かついてるかい？」

「あ、いや……」

ほんの少し前の甚五郎と違って、俄《にわか》におどおどした様子に変わったので、峰吉も不思議に思っていた。笹蔵という若造は、意味ありげに甚兵衛を凝視して、

「何処かで会ったような顔つきだな」

「——さあ、おまえなんざ知らねえなあ」

「よく見てくれよ……なあ、甚五郎さん。この顔に覚えはねえかい？　同じ紀州の出なんだがな」

「知る訳がねえ。あいにく俺には、おまえのような若い奴に知り合いはいねえ」

　ハッと思い出したように笹蔵を見やった甚五郎は、きつい口調で、

「もしかして、てめえ、お葉に何かしたんじゃねえだろうな」

「お葉？」

「娘だよ。そういや、何日か前から、お葉の身の回りにも、妙な輩がうろついてたって聞いたが、おまえか？」

「おまえに娘がいることは知ってるよ」

　意味ありげににんまりと笑って、笹蔵はポンと軽く甚五郎の肩を叩いた。

「親父とは似ても似つかぬ器量よしじゃねえか。仕事も探してくるんだってな。可愛くて仕方があるめえ」

「…………」

「俺の親父も、そうだったろうよ」

　じっと睨みつけた笹蔵の顔には、甚五郎に対する憎しみが漲《みなぎ》っていた。懐には匕首を忍ばせているのか、軽く膨らんでいる。傍らで見ていた峰吉は、なんだか恐くなっ

て、

「ほらな……だから、言わんこっちゃない。三種の神器には何か面倒がつきまとうンだ。ああ、いやだいやだ」

独り言を洩らしたつもりだが、はっきりと笹蔵の耳には届いており、

「おっさん。怪我をしたくなきゃ、とっとと出て行きな」

「はいはい。言われなくても……」

切餅の入った袱紗をつかもうとすると、サッと笹蔵が先に奪い取って、

「これは俺が貰っておく」

「な、な……」

「驚くことはあるめえ。こいつの金は俺の金……だな、甚五郎さんよ」

笹蔵が念を押すように言うと、甚五郎は否定することはなかった。

「何をバカな。そのお金は、茶碗の代金です。ですから……」

「茶碗なら、俺がこいつから、どんな手を使ってでも差し出させてやるよ」

「え？」

峰吉が不可解な目になると、同時に、甚五郎も口をポカンと開けた。そして、改めて笹蔵を見つめて、

「そうか……やはり笹蔵って名は……おめえ、あんときの……」

何とも言えず懐かしそうな、それでいてバツが悪そうな顔つきになって、甚五郎は眩《まぶ》しそうに目を閉じた。

「端《はな》から気づいてたんだろう？　そうだよ、俺は笹蔵の子だ……おまえが、その手にかけた笹蔵のよ」

凝然と見やった峰吉は、とにかくその場から逃げ出そうとしたが、襟首《えりくび》をつかまれて、ジタバタした。

「何も取って食おうってんじゃねえ。それに甚五郎さんよ、もう十何年も前のことを蒸《む》し返して、怨みを晴らすつもりもねえ。あんたを殺したところで、親父が生き返るわけでもねえし、俺の気持ちがスッキリするわけでもねえからな」

「だったら……だったら、何をしに来た。お上に申し出るか」

「そんなことをしても腹の足しになるめえ。さて、何をするかなあ」

「………」

「とにかく、今日のところはお近づきのしるしに、これを戴いとくぜ」

袱紗ごと切餅を袖の中に落とすと、笹蔵は足取りも軽く甚五郎の長屋から飛び出して行った。峰吉はあたふたと行方を追おうとしたが、表に出たときには、すでに姿が見えなくなっていた。

「な、なんで……私は関わりないやおへんか……返してくなはれ、お金、返して！」

へなへなと地べたに座り込んだ峰吉は、わあわあと泣き出した。木戸口の外で、笹蔵とすれ違ったのであろうか、

「お父っつぁん！　また、あの男が」

と慌てた様子で、出かけていたお葉が戻ってきた。悄然《しょうぜん》と虚空《こくう》を見ている甚五郎に、お葉は駆け寄って、

「ねえ、何かあったの？　あの男、お父っつぁんに何かしたの!?」

心配そうに声をかけたが、甚五郎は何でもないと黙って首をふるだけであった。

四

その日のうちに、甚五郎は峰吉に伴われて、辻駕籠で神楽坂咲花堂まで赴《おもむ》いた。赤楽茶碗のことなど、知らぬ存ぜぬを押し通していたが、笹蔵の出現によって気が変わったようだった。しかも、二十五両もの大金を手渡されたからには、きちんと話さなければならないと思ったのだ。

珍しい茶器や壺、頂相《ちんそう》や詩画軸、障屏画《しょうびょうが》、そして古い刀剣の類が整然と陳列されている店内を、甚五郎は圧倒されたように見廻していた。

「なるほど……この赤楽とやらは、俺のような無骨者が持っているよりも、お宅に預けておいた方がよさそうだ」

「そう思うてくれたら、こちらは本当にありがたい」

綸太郎は機嫌よく、甚五郎が差し出す茶碗の入った桐箱を受け取った。傍らでは、峰吉が不快な顔で、ぶつくさ言いながら見ていた。二十五両を訳も分からず奪われたから、まだ気が治まらないのだ。

だが、その代わりに、茶碗を持って来たのだと、甚五郎は言い訳めいてから、

「どうでえ。正真正銘の赤楽茶碗だろう」

と綸太郎に向かって問い質《ただ》した。

箱を結んである紐《ひも》を解いて、蓋《ふた》を開ける。さらに中に、もうひとつ風呂敷に包まれた箱があり、その両端を丁寧につかんで出して、さらに箱を開くと、箱の四隅には茶碗を安定させるための支柱があるので、それを取る。

結んである仕覆《しふく》の緒を摘《つま》んで、慎重に広げると、綿の中込めをされた赤茶けた茶碗が姿を現した。

茶碗の胴から腰、高台、そして内側の茶巾摺りから茶筅《ちゃせん》摺り、茶溜まりなどをじっくりと見た。本阿弥光悦の「雪峰」に似た鞠《まり》のような豊満な姿は、その重みや力強さ、そして侘びや清浄な感じから、いかにも崇高な品格が漂っている。

まじまじと眺めていた綸太郎の目が、きらりと輝いた。

――うちの三種の神器に間違いない。

一目で確信した。

赤楽にしろ黒楽にしろ、いわゆる楽焼きは、「楽家の始祖、長次郎《ちょうじろう》」によって始まった。長次郎の父は唐人と言われており、中国の三彩陶の達人だったらしい。後に、長次郎は千利休と出会い、茶の湯のために作ることとなった。

たかが飲茶であるが、桃山《ももやま》時代の茶人たちは禅宗や他の工芸や建築、絵画、書などとあいまって、〃侘び寂び〃を深く感じるようになった。それが、今風に言えば、日本古来の思想や哲学に繋がったのであろう。

「間違いないな……」

もう一度、綸太郎が頷くと、峰吉は半信半疑の顔で、

「しかし、若旦那……これが、上条家の三種の神器のひとつで、紀州家に渡っていたものとなると、なんやおかしなことやありまへんか?」

「何がや」

「楽家というのは、始祖の長次郎の女房の祖父・田中宗慶《たなかそうけい》が、秀吉公から『楽』という文字を貰ったからと聞いてます。へえ、聚楽第《じゅらくだい》の楽です」

「それの何がおかしいのや」

「上条家にこの茶碗が、長次郎から直々に手渡されたのは、たしか永禄《えいろく》二年（一五五九）のこと……と聞いてます」

「そうや」

「宗慶が秀吉公から、楽焼きの称号を得たのは、その後の天正《てんしょう》年間ですから、上条家に手渡ったときには、まだ楽というのは……」

「ああ、今焼きと呼ばれていた。そやけど、その今焼きは、この赤い茶碗やということが、うちの〝雁帳《かりちょう》〟にも残ってる」

雁帳とは、上条家が鑑定した刀剣や骨董のすべてを書き記したものである。本家に保管されているのだが、綸太郎は三種の神器に限らず、隅から隅まで覚えていた。

「では、やはり……」

「間違いない。そして、この茶碗には、例の掛け軸……そして、まだ見ぬ刀剣とは切っても切れない繋がりがある」

綸太郎が物々しく言うのを、甚五郎も恐縮したように見ていた。

「狩野元信の描いた美人画……幽霊に変貌したが……この茶碗は、掛け軸の絵を描いた狩野元信の灰が混じってできている」

「ええ!?」

峰吉は素っ頓狂な声をあげて、目を丸くした。

「またまた、そんな……」

「ほんまや。そして、狩野元信を斬った刀が……三種の神器の残りのひとつなんや」

甚五郎も息を呑んで見守っていた。

「つ、つまり、こういうことですか……」

と峰吉は上擦《うわず》る声を抑えるように続けた。

「本来、上条家にあるべき三種の神器の……刀で殺された狩野元信の灰でできた茶碗と、当人が描いた掛け軸……このみっつは、狩野元信を中心に繋がっているということでっか？」

「アホみたいに繰り返すのやない」

「はあ……」

「でも、まあ、そういうことや……『三分鼎足《さんぶんていそく》』という言葉はおまえも知っとるやろ」

「へえ。鼎《かなえ》という炊具は、三本の足だからこそ安定してる……だから、政もみっつの勢力に分かれて争う方が、二分するよりもマシやという、あれでっしゃろ？」

「お互い、その方が活気も出るし、牽制《けんせい》しあって、世の中が乱れることもない。家康公が御三家を作り、三種の神器を分けたことも意味のあることや」

　綸太郎の話を峰吉は納得したが、そもそも、

「それが何で、上条家に与えられたのか」

　という疑念があった。

「本来ならば、楽家や狩野家とは親しい間柄にあった、本阿弥本家が手にしていても不思議でないものや……だが、狩野元信が、どうやら、うちの先祖と深い繋がりがあったようやな」

　綸太郎がしみじみと茶碗を掌《てのひら》で転がして眺めていると、甚五郎が蚊が鳴くような声で、

「そんな大変な茶碗を、俺はぞんざいに扱ってたんだな……いや、ぞんざいってことはねえが、まさか、そんなものとは……死人の灰で作ったというが、赤いのはまさか血じゃあるめえな」

「そうではない。土と火の塩梅《あんばい》や……けど、まあ、狩野元信の怨念が籠もっていても不思議やないな」

元信は足利幕府をはじめとして、朝廷や石山本願寺《いしやまほんがんじ》、さらには堺《さかい》の町衆など有力な商人などに養護されながら、戦乱の世を生き抜いた希有《けう》の絵師である。当然、時の権力者と様々な揉め事があったことは否めまい。いや、むしろ、本阿弥家らとともに、権力者を操っていた方である。

人の命は短くとも、芸術の命は永遠である。

それが真実であることは、文化文政の世にあっても、狩野派が徳川幕府のもとで御用絵師として君臨していることが物語っている。むろん、画風は松栄《しょうえい》や永徳など、それぞれ違う。

元信は、水墨画と大和絵を融合した書院造りなどの建築様式に相応しい画を得意としていた。『鞍馬《くらま》寺縁起絵』や『釈迦《しゃか》堂縁起絵巻』などからは、美人画とか幽霊画とは縁が薄いことが分かる。例の掛け軸の女が誰か、それもまた謎だった。

それが何者であるか解決すれば、あるいは元信を斬った相手も分かるやもしれぬ。

綸太郎はそう思っていた。

「それよりも、俺が気がかりなのは……」

と綸太郎は、甚五郎に向き直った。

「おまえさんが、この茶碗をどうやって手に入れたかや」

「はい……」

「話してくれるな」

「簡単なことだ。これは、紀州徳川家にあったものを、十六年前……我が主、御庭番頭領村上《むらかみ》家に命じられて、盗んだまで」

「盗んだ？　何故……」

「将軍家、つまり、家斉公にお届けするためだった」

「家斉公に……だが、これは、おまえの手元にあるままだった。しかも、町場のなんでもない長屋に」

「——もう、気づいたかもしれねえが、これの贋物は家斉公が持っているはず。本物を俺が持っていたのには、ちょっとした訳があるんだ」

「その訳とは？」

甚五郎は言いにくそうに俯《うつむ》いたが、隠していたところで、自分には何の益もない。むしろ、何か事変に巻き込まれて、娘までも命が危うくなるかもしれない。そう懸念して、曰《いわ》くある物は、今のうちに手放していた方がよいと考えたのかもしれぬ。

「待て、甚五郎……あんたは何か、身が危ういと感じているのか？」

それには、はっきりとは答えなかったが、甚五郎は首を振りながら、

「この茶碗は、時期がくれば、紀州家に返すつもりだった。実は、そのことが主からの命令だったんだ」

「贋物を渡して、本物を戻せと？」

「ああ」

「その理由はどうしてや」

「分からねえよ。俺たちは命令どおりに動くのが使命だからな……ただ、この茶碗は不思議なことに、今までどんなことがあっても割れたことがない……まるで不死鳥のように、生きていたんだ」

「生きていた……？」

「地震で屋敷が潰れても、火事が起きても、誰かが叩き割っても……いや、割れなかった。ええ、決して、割れなかったんだ。まるで鉄でできているようにな」

「まさか……」

と峰吉は呟いたが、甚五郎は本当だと鬼気迫る顔で続けた。

「俺は預かっているのが、逆に恐くなった。早いとこ紀州家に返したかった。だか

ら、何度か、赤坂にある紀州様のお屋敷に、秘かに返そうとしたこともある。けど……」

甚五郎は何か言いかけたが口をつぐんだ。綸太郎は冷静に聞いていて、

「――あんた、足が悪いのは、そのふりをしているだけか」

「え、ああ……」

墓穴を掘ったように頭を掻いたが、甚五郎はその通りだと頷いた。今でも、鉄砲鍛冶の腕を持つ御庭番であることに変わりはない。

「だから俺は……この茶碗は何か言いたいことがあるのかもしれねえと、大切に仕舞っておいたんだ。もしかして……天下がひっくり返りそうなときに、役に立つものかもしれねえってな」

「…………」

「だが、もう関わり合うのはオシマイにしてえ……上条家の三種の神器なら、そちらで好きにして貰いてえ」

綸太郎は言葉にこそ出さなかったが、大事に持っていてくれてありがとうと、甚五郎を温かい目で見つめていた。

だが、この茶碗との邂逅《かいこう》が、綸太郎にとって災いとなり、新たな政争の火種になる

であろうことを、薄々と感じていた。得体の知れない不気味さが、身の回りにひたひたと迫ってくるのを、肌で感じていた。

五

山下御門内にある松平定信の屋敷――。

離れの片隅に、黒装束の男がひとり、潜むように座っていた。覆面こそしていないが、忍びの姿。定信の密偵、ましらの半兵衛《はんべえ》である。

気配を察した半兵衛は犬のように鼻をひくひくさせてから、障子戸の前に座り、土下座をした。しばらくして、音もなく障子戸が開いて、渡り廊下から現れたのは、定信であった。

「半兵衛……まだ手に入れることができぬのか」

定信は立ったまま険《けわ》しい目で見下ろして、半兵衛の答えを待った。

「甚五郎という男が持っていたまではつかんでおりました」

「――甚五郎？」

「鋳掛屋をしておりますが、元は紀州家の御庭番です」

「ほう。おまえの手に負えぬ奴なのか？」

「いいえ、それが……」

困惑したように、半兵衛は口を閉じた。

「なんだ」

「はい……一度は盗み出し、我が屋敷に置いていたのですが、一晩後には忽然《こつぜん》と消えておりました。そして、その赤楽茶碗は、元の甚五郎の長屋に戻っていたのです」

「どういうことだ」

「分かりませぬ。誰かが忍び込んだ痕跡はありませぬ。仕舞っておいた蔵の鍵も壊されていない。なのに……」

「茶碗が勝手に、甚五郎という奴の手に戻ったというのか」

「そういうことです」

「下らぬッ。そやつが何らかの手で奪い返したのであろう。埒《らち》があかぬなら、甚五郎を殺してでも奪い直せ」

いつもは冷静な定信が苛立ちを露わにするのには訳がある。同じ茶碗を紀州の隠密が奪おうとしていることを、定信はつかんでいたからだ。

「その茶碗が和歌山に戻ってみろ。儂《わし》の天下は永久に来ぬ」

「重々、承知しております」

「ならば、急げ。こうしている間にも、家斉は己が悪政をさらに押し通そうとしておる。儂自身が将軍となって天下を牛耳《ぎゅうじ》るのは、我欲のためではない。ひとえに庶民を思ってのことだ。一日中、大奥に入り込んで、女の体を貪《むさぼ》っておるバカ将軍から、この儂の手に天下を移したいがためだ」

松平定信は老中首座であり、将軍補佐の立場になっている。それでも、一橋家から出ている家斉は、いまだに実父の一橋治済の影響を受けて、定信とは何かと対立している。

治済は自らを「大御所」と名乗り、西の丸に住んでいる。隠居の身とはいえ、一事が万事、治済の顔色を窺う家斉は将軍の器にあらず。定信は常々、そう思っていた。側に仕えているからこそ、尚更、真実が見える。

そもそも、「大御所」と名乗れるのは、将軍が隠居した場合のみである。にもかかわらず、そう名乗る治済を、定信は決して許すことはなかった。だが、あまり依怙地《いこじ》になると、

――松平定信は、治済と田沼意次の奸計によって白河藩主にされたことを、いまだに怨んでいる。

狭量な男だと、幕閣や諸大名に評価される。ゆえに、厳しく断罪することができない。とはいえ、老中の身のままであれば、御三家や一橋家、清水家には決して逆らえない。だからこそ、自らが将軍の座に就くしかないのだ。

定信は名君八代将軍吉宗の孫である。後の世にいう寛政《かんせい》の改革をまっとうするためにも、将軍の座は必要だったのである。

「私も、手をこまねいているわけではありませぬ」

と半兵衛が目を細めて言った。

「紀州から送り込まれた密偵は、近衛又十郎めにございます」

「近衛……」

「ご存知ありますまいが、私とは少々、因縁のある者です。そやつが邪魔をしているとも考えられます。必ず仕留めて、その上で赤楽茶碗も奪って参りましょう」

「…………」

「それと、もうひとり……笹蔵という男が、なぜか甚五郎につきまとっておりまして、何か曰くがありげなのです」

「笹蔵……聞いたことのある名だな」

訝しげに振り向いた定信に、半兵衛は小さく頷いた。

「まだ確信を得たわけではありませぬが、恐らく、あの笹蔵と関わりあると思います。ええ、御前もお気づきの〝山嵐《やまあらし》の笹蔵〟……あなたに刃を向けたあの男の子供、やもしれませぬ。目元や口元に面影が……」

「ふむ……だとしたら面倒だ。そやつも、事のついでに始末しておけ」

「承知仕りました」

「政は、一寸先は闇。ぬかるなよ」

言い捨てて、定信はおもむろに廊下に出た。そして、振り返ったときには、すでに半兵衛の姿は消えていた。

両国橋西詰は江戸で屈指の繁華街である。

この夜も花火が打ち上げられており、屋形船が隅田川を埋め尽くすように揺れており、橋の上も土手も立錐《りっすい》の余地のないほどの人々が集まっていた。提灯を掲げた夜店もずらりと並んでおり、納涼に訪れた老若男女は煌《きら》めく夜空を見上げたり、大道芸を見たりして、辛い浮き世を忘れて楽しんでいた。

橋番の近くにある小さな居酒屋で、笹蔵は顔見知りらしい職人らと酒を飲んでいた。ぜんぶ自分の奢《おご》りだと景気のよい話をして、陽気にふるまっている。

暖簾を潜って入ってきた半兵衛は、さりげなく笹蔵の近くに座って、店の者に冷や酒を頼んだ。もちろん黒装束ではない。どこぞの大店の番頭風である。

笹蔵は身なりのよい半兵衛が目に入ったのか、

「これは旦那様……」

と座りやすいように腰をずらした。

「いつも繁盛してるな、この店は。たしか煮込み豆腐がうまかった」

「なんでもうまいですよ。肥後《ひご》譲りの揚げたての辛子蓮根《からしれんこん》に、深川名物あさり汁に鰻の蒲焼き。近頃は、この香ばしい鰻がはやってるそうで、へえ」

酒が進んでいるのか、口元がへらへらと緩んでいる。

「若いのに随分と剛毅じゃねえか」

「ちょいと金蔓《かねづる》がありやしてね」

バカ正直に話すものだと半兵衛は思った。二十五両せしめたことは先刻承知だったからだ。だが、素知らぬ顔で、

「そんな儲け話があるならば、教えて貰いたいものですねえ。なに、私も少々、商いをやってますので、金儲けには目がないもんでね」

と苦笑いをしてみせた。その言葉に、笹蔵は食いつくような目になった。よほど金

に苦労をしたか、生まれつき貪欲なのであろう。にんまりと笑うと、

「旦那……手軽に儲かることはないでやすかねえ……この不景気な世の中、俺のように読み書きもろくにできず、手に職もねえ奴には厳しい渡世でねえ」

「ありますよ」

半兵衛があっさりと答えたので、笹蔵は胸を預けるように体を向けた。

「なんでえ、そりゃ」

銚子《ちょうし》を差し出しながら、じっと食い入るように見つめる笹蔵の目を見て、半兵衛は、

——こいつは使えるかもしれぬ。

と腹の中で思った。

「簡単な話ですよ。しかも、元手がかからないのは、泥棒か騙《かた》りです」

笹蔵は一瞬、きょとんとなったが、俄に可笑《おか》しくなって腹を抱えて、

「冗談はよしてくれよ、旦那。まっとうな商人が言う言葉じゃありやせんぜ。それに俺は、こう見えても、根はいい奴なんだ」

「根はいい奴……自分でそう言う者は大概、悪さばかりしてきたと相場が決まってますよ。まあまあ、そんな変な顔をなさらないで、さあ、どうぞ」

半兵衛は銚子を持って、笹蔵に注ぎ直してやりながら、

「三百両でどうです」

「さ、三百両⁉」

「いや、五百両でもいい。手を貸してくれれば、望み通りの贅沢《ぜいたく》ができますよ」

「本当か……？」

俄に信じられない顔で見ていたが、

「盗み騙りというのは冗談ですよ。きちんと仕事をしてくれれば、それでよいのです」

「や、やばい仕事じゃねえだろうな」

「ふむ……やはり、あんたはかなりの綱渡りをしてきた類の人間だね。でも、そういう人だからこそ頼りになるんだよ」

頼りになるという言葉に、笹蔵は少しだけ心をくすぐられたようだ。自分のことをよく知らない者が、ころりと騙される。

「——あんた、盗み騙りじゃねえと言ったが……」

「甚五郎という男を知ってますね」

「え……？」

「そいつに怨みを晴らすだけでいいんです。怨みをね……」

煽《あお》るような半兵衛の言い草に、笹蔵はきょとんとなったが、やがて含み笑いになってきた。胸を弾ませ、小刻みに震わせながら、

「くくっ……あんた、そんな商人の形《なり》をしてるが、本当は相当のワルだね……そうかい、どこでどう俺のことを調べたか知らねえが、甚五郎を痛めつけられる上に大金が手に入るのなら、ふたつでもみっつでも返事するぜ」

六

「若旦那……どうするつもりです。せっかく手元にきた、この赤楽茶碗、紀州家に戻すつもりどすか？　元々は上条家のものやないですか」

赤楽茶碗を目の前にして、峰吉は惑った心を素直にぶつけていた。思いは同じ綸太郎だが、ただ取り返せばよいものではない、と承知している。

「ほんまなら、天下人に相応しい人間が、三種の神器を揃えて持っているのがよいのや。そやけど、まあ、そうはならん。どんなええ人間でも権力を握った途端、阿修羅《あしゅら》の如く変わってしまう」

「そやから、上条家に置いとくべきやないですか？　心疾《やま》しい者に三種の神器を奪われるくらいなら、海の底深くにでも沈めておいた方が、世のため人のためやと」

「峰吉。おまえもそう思うか」

「そりゃ、もう」

「とかなんとか言って、おまえが独り占めしてニマニマするつもりやないやろな」

峰吉はとんでもないと首を振って、

「何をおっしゃいます。若旦那も江戸に来てから、随分と嫌らしい人間になったのとちゃいますか？」

「ん？」

「子供の頃から、人を疑うことを知らない純粋で綺麗なお人やと思うてたけれど、やはり江戸の水が悪いのやろなあ」

「そう思うのなら、峰吉。おまえ、一足先に京へ帰らないか」

「え、一足先にってことは、若旦那もそろそろ里心が……」

「違う違う。この茶碗にしろ、今は松平様が持っている掛け軸にしろ、京の咲花堂が最も安住できる所や。もちろん、刀もな」

「へえ。でしたら、私がすぐにでも京に上りまひょ」

「行ってくれるか」

「もちろんです。なんや、わくわくしますわい。久しぶりの京でっさかい」

「そやけど、そんなに喜んでられへんで」

　綸太郎の表情が曇った。

「恐らく、定信様はこの茶碗を狙ってくるやろう。それと、俺を訪ねてきたという紀州の者も……」

　三つ巴《どもえ》になって、たったひとつの茶碗を奪い合うことになりそうだ。つまりは、京へ運ぶまでに、どのような奴らが襲ってくるかもしれない、ということだ。

「それを承知で、東海道を西へ行ってくれるのやな」

「そ、そんな……」

　俄に尻込みする峰吉に、綸太郎が呆れ顔を向けたとき、

「それなら、私たちが預かってもいいよ」

　と声がした。

　いつの間に来ていたのか、桃路と玉八が店の玄関に立っている。

「三種の神器……綸太郎さんも水臭いなあ。いつかは嫁になろうって私にすら、黙ってたんですか？」

「嫁……？」

峰吉の方が驚いて見やり、

「あかんあかん。仮にも咲花堂の跡継ぎに、芸者風情はあきまへん。まあ、せいぜい囲い者で我慢してるのやな」

「はい。私はどんな扱いでも構いませんよ。綸太郎さんの側にいられるのなら」

「なんや、ずうずうしい女やな」

峰吉の文句は気にする様子もなく、桃路ははっきりと言ってのけた。

「私と玉八も一緒なら、峰吉さんも安心ではありませんか？ ついで、京のお父様にもご挨拶しておきたいし」

「ありがたいがな、桃路……」

と、綸太郎はきちんと断った。

「此度の話は、下手をすれば命を落とす。桃路や玉八に迷惑をかけるわけにはいかん」

「ゲッ。私なら、いいので？」

素《す》っ頓狂《とんきょう》な声をあげる峰吉に、綸太郎は当然のように頷いた。

「そらそや。おまえは上条家の人間も同然やからな」

「だったら、私も同じです」

桃路は毅然と綸太郎の前に立って、

「たとえ日陰の身だったとしても、綸太郎さんのためなら、命を賭けます」

「バカを言うな。たかが茶碗のために命を賭けてどないするのや」

「わ、私には賭けろとおっしゃったくせに」

また峰吉が情けない声を洩らすと、桃路と玉八は実に可笑しそうに笑った。そして、意外にも玉八が口添えするように、

「若旦那。峰吉さんは長年、あなたに仕えてきたんだ。そろそろ、安住の地でも見つけてやったら、どうなんだい？」

「安住の地？」

「好きにさせたらいい。後は俺たちが、きちんと若旦那の面倒を見るからよ」

心強い言葉に綸太郎は感謝の言葉を述べたが、やはり危険な目に遭わせるわけにはいかなかった。為政者という類は、茶碗ひとつのために、人の命くらい奪うのは雑作《ぞうさ》もないことだからだ。権力という魔物に取り憑かれている者に、当たり前の人の心はない。

――あの白河藩の名君と言われた、松平定信でさえも……。

権力を堅牢なものにするためには、手段を選ばない。綸太郎は何度か顔を合わせて、よく承知していた。

「峰吉。おまえは二十五両の大損をこいたのや。その責任はきちんと取れよ」

「でも、あれは……」

「言い訳はええ。とにかく、キバって貰わんとな。これがうまくいけば、もう江戸には戻らんでもええ。おまえの好きな京で暮らせばええのや」

「へ、へえ……」

その日のうちに、峰吉は綸太郎に説得されて、京に向かって旅立った。


一方、甚五郎の長屋には、またぞろ笹蔵が訪ねて来ていた。折しも、甚五郎は近所に出かけていたので、迎えたのは娘のお葉だった。

「また、あんたですか。この前は、咲花堂さんのお金を持ち逃げしたそうですが、うちにはそんな大金ありませんよ」

気丈に言い放つお葉を、笹蔵は余裕の笑みで眺めながら、

「そう嚙みつくなよ。せっかくの器量が台無しだぜ」

「ふざけないで下さい。人を呼びますよ」

「誰を呼んだところで、何も悪いことしてねえんだから、俺は一向に構わねえが？」

玄関に押し入って、仕事場を見廻しながら、

「例の茶碗はどうした」

「茶碗？」

「ああ。値打ちものの、赤楽とやらだよ」

「――知りません」

「嘘を言うな。あの茶碗を渡せば、二度と、ここには近づかないよ」

笹蔵は百両を床にポンと置いて、

「これで買いてえ……とおっしゃる方がいる。悪い話じゃあるめえ？　甚五郎が留守ならば丁度いい。渡してくれねえか」

「…………」

「どうだ？」

鋭い目の笹蔵を、お葉は凝視していたが、少し恐くなって、そっぽを向いた。

「なんだよ、その目は……俺が何かしでかそうと思ってるのか？」

「別に……」

「こっちが下手に出ている間に、いい返事を寄越しなよ。でねえと、もっと面倒なこ

とになるぜ、おい」

睨みつけた笹蔵を、お葉も負けじと見つめ返して、

「――どんな怨みがあるんです」

「ん？」

「お父っつぁんにです。私、分かるンです。あなたみたいに濁った目の人、見たことがありません。私のお父っつぁんと何があったか知りませんが、困らせて喜んでいるのなら、やめて下さい」

毅然《きぜん》と言ってのけたお葉を、笹蔵は不思議そうに見ていたが、

「そんなにお父っつぁんが好きかい」

「ええ」

はっきり言い返したお葉に、笹蔵は物静かな声で、

「俺にも大好きな親父がいたよ……山嵐の笹蔵といってな、あんたの親父に負けねえくれえ、腕のいい鉄砲鍛冶だった」

「鉄砲鍛冶……」

「知らねえなら教えてやろう」

「いいえ、ちゃんと知っています。お父っつぁんが紀州で、お殿様にとって大切な仕

事をしていたこと。そして、そのために足を傷めたことも」

「フン……やっぱり、乳母日傘《おんばひがさ》で育った〝おひいさま〟は分かってねえな」

笹蔵は曰くありげな、それでいて、どこか寂しい目になって、

「おまえの親父の足が悪いのなんざ、きっと出鱈目《でたらめ》だ。今でも、何らかのお務めのために、そのふりをしてるんだろうよ」

「え……？」

「言ってやろう。おまえの親父が裏切って、俺の親父を殺したんだ」

「裏切って……」

「ああ。そうだ……山嵐の笹蔵……俺の親父はこの名で、紀州御庭番の組頭たちを束ねていた。おまえの親父の甚五郎は、一組頭に過ぎなかった」

「…………」

「あるとき、紀州徳川の家宝である赤楽茶碗を手に入れようと画策し、将軍家斉公が江戸御庭番を使って紀州に乗りこんだ。俺の親父はそれを阻止しようとしたが、おまえの親父は江戸御庭番に寝返って、俺の父親を殺した。そして、まんまと茶碗を奪ったんだ」

「まさか……」

お葉は俄に信じられないと首を振った。笹蔵は険悪な目つきに戻って、

「殺した上に火を放った。証拠を消すためにな……そのとき、俺も炎に包まれて死にそうになったんだ。ああ、よく覚えているよ、熱くて、喉が痛くて、苦しくて……でも、運よく大雨になって助かったんだ」

「……………」

「まだ五つにもなってなかった俺は、遠縁の者に預けられたが、生まれたばかりの妹は親父と一緒に焼け死んでしまった」

「そ、そんな……」

「ああ。おまえの親父は鉄砲師としても立派だったようだが、紀州の裏切り者なんだ。だから俺はこの手で……殺してやりたい。ずっと、そう思ってた」

「──そうですか……」

悲嘆《ひたん》に暮れた顔になったお葉だが、笹蔵の話に殊《こと》の外、驚いた様子でもない。

「そういうことだったのですか……詳しくは知りませんでしたが、昔、何かあるとは思ってました……父を庇《かば》うわけではありませんが、鋳掛屋の仕事をしながらも、重いものを背負っているような、苦しそうな顔をしてましたからね」

「苦しそうな……だと？」

笹蔵は責めるように詰め寄った。

「こっちは、それどころの話じゃねえ。どれだけ……どれだけ辛酸《しんさん》を舐めさせられたか……初めは、俺の親父の方が裏切り者だと思われていたンだからな。だから、仲間に制裁を受けたと！」

お葉は、どう答えてよいか分からなかった。笹蔵は苦々しい顔になって、

「まあ、いいや……おまえに言っても詮《せん》のないことだ。いっそのこと、娘を殺して甚五郎を苦しめてやろうと思ったんだがな、そんなことをすりゃ、俺が人でなしにならあ……さあ、この金をやるから茶碗を出せ」

と強引に取り引きをしようとすると、お葉は静かに頷いて、

「ここにはありません。神楽坂咲花堂に預けました。きっと、お父っつぁんはその茶碗のことで苦しんでいたんだと思います」

「え……？」

「私にはよく分かりませんが、その茶碗がお父っつぁんの一生を狂わせた。そんな気がしていたんです。だから……だから、もう勘弁してやって下さい……お父っつぁんをこれ以上、追いつめないで下さい」

縋《すが》るように頼むお葉を、笹蔵は無下に押しやって、

「知るかッ。神楽坂咲花堂……本当にそこへ渡したんだな」

「――はい。私には黙ってましたが、お父っつぁんはそう……」

百両をつかんで長屋を出た笹蔵は、すぐさま神楽坂に向かおうとした。木戸口を抜けて、表通りに出たところで、

「待ちな」

と声をかけられた。

振り返ると、甚五郎が立っていた。

七

気を張りつめたまま、隅田川の土手まで足を運んだ甚五郎と笹蔵は、お互いの間合いを取って睨み合った。

「俺を殺したいか……」

甚五郎がぽつり声を洩らすと、笹蔵の方は歯ぎしりをしたものの黙っていた。

「……まさか、親方の子が生きていたとはな」

「…………」

「笹蔵と名乗られたとき、もしやとは思ったが、あの炎の中でよく生きていたものだ」

「黙れ……おまえが殺したンだ」

甚五郎は小石を拾って、川面に放り投げた。水輪が無限に広がっていくのを眺めて、ふいに後悔の念が押し寄せてきた。

「信じないだろうが、俺は笹蔵親方を裏切ったのではない。その逆だ」

「なんだと？」

「俺たち、紀州御庭番はむろん紀州公を守るためにあるが、将軍家大事の折には、駆けつけねばならぬ使命もある」

「…………」

「あれは丁度、松平定信様が老中に就いた折のことだ。事態が少しでも変わっていれば、十一代将軍の座についたのは定信様だったかもしれぬ。そのことで、家斉公は……いや、まだ幼少の身だった家斉公ではなく、〃大御所〃の治済様は不安を感じたのであろう。徳川御三家に伝わる〃三種の神器〃を奪うよう、命令が下った」

「そんなこと……知るもんか」

「ま、おまえには関わりないことだろうが、親父さんは、いや紀州御庭番組頭を束ねていた親方は、俺たちを欺《あざむ》きながら、殿が大切に隠していた赤楽茶碗を奪うよう命じた」

「…………」

「俺たちとて、上には逆らうことができない……何かの間違いではないかと思いつつも、従うしかなかった。いや、もっと正直に言えば、その頃、俺たち草の者ごときが、徳川家の〝三種の神器〟のことなど知る由もない。ただただ、命令に従ったまでだ。だが……」

「――だが？」

「和歌山城本丸の藩主の宝物を置いている蔵に入った俺は……その茶碗の異様さに気づいたんだ」

「異様さ？」

「ああ。手にすると……まるで雷にでも撃たれたように、全身に痺《しび》れや痛みが走った。何度、試みても、そうなるのだ。霊気とも違う……とにかく恐ろしい何かが、茶碗の中に入っているような気がしてな。結局は盗み出すことができなかった」

甚五郎はそのときのことを、まるで先刻あったばかりのように話して聞かせた。

当時、紀州内でも、次期将軍は家斉ではなく、定信を将軍にした方がよい、との意向が多かった。定信が白河藩主として、天明《てんめい》の大飢饉《だいききん》における藩財政の立て直しなどについて、多大な尽力をし、成功したことを評価してのことだった。学問を奨励して、藩士に留まらず、庶民への教育を推進したことも、定信らしい人柄が表れていた。すべてにおいて吉宗に似ている定信こそが、将軍に相応しいと思われたのだ。

だが、それは紀州にとって表向きの理由であり、ひとえに藩主と治済が不仲であったということによる。治済の何らかの失策を捕らえて、家斉を将軍職から引きずり下ろすか、それとも亡き者にするか……などと、色々な画策があった。

しかし、当の定信が当時は将軍職に就くことを嫌がった。

「どうしてだい。俺もその方がよいと思うがな、少なくとも色欲三昧の家斉公よりは」

笹蔵はそう言ったが、甚五郎は首を振った。

「たとえ出自がどうであれ、白河藩の藩主に過ぎない定信様が、老中に抜擢されただけでも煙たがる者はいた。尾張や水戸はまさにそうであったろう。紀州出の将軍に、紀州に繋がる老中首座となれば、もはや幕政に口出しなんぞできぬゆえな」

「…………」

「だから、水面下では色々とあったのだろうが、その頃の定信様は一挙に将軍職に上り詰めるよりも、幼い上様を支える形で、実質は幕政の実権を握ることの方が手腕を発揮でき、周りの者たちからも反感を買わないと踏んだのだろうよ」

「なるほどな……」

「だから、家斉の実父である治済様は、〝三種の神器〟を手に入れることによって、名実共に家斉公を将軍として、御三家にも崇《あが》め立てるように仕向けようとした」

その画策は秘かに進められていたが、治済の陰謀と察した定信は、紀州御庭番に秘かに謀叛の意図ありと報せ、赤楽茶碗を守るよう伝令してきたのである。

「それで……それで、どうして俺の親父が殺されなきゃならねえんだ」

「――知らぬこととはいえ、紀州を裏切ることとなった笹蔵親方は……」

甚五郎は涙で言葉が詰まった。

「笹蔵親方は、自分が死にさえすれば、治済の画策が失敗し、紀州にも迷惑をかけないと考えたんだ」

「…………」

「その代わり、俺に贋物の茶碗を家斉公に届けることを、親方は頼んだ……もちろん、それは後に、腕のよい陶芸師に作らせたのだが、本物は紀州に置いたままだった……というより、あれは誰にも奪うことができなかった」

「それを、どうして、あんたが持っているんだよ」

父親のことを悪し様に言われ、茶碗の疑念を晴らせないままでは、笹蔵にとっても気分が落ち着かないことだった。

「あれは……笹蔵親方が持ち出したものなのだ」

「親父が？」

「ああ。なぜか親方の手によると、俺が盗もうとしたときのように体が痺れることはなかったのだ……そして、本物のその茶碗さえなければ、〃三種の神器〃が魔力を発揮することもない。だから、親方はあの茶碗と一緒に……自ら屋敷に火を放って、ともに死んだのだ」

「！……」

「そのとき、五つくらいだったおまえは、何を考えたか、炎に包まれた屋敷に飛び込んで行った。父親を助けると叫びながらな」

目を覆うような仕草で、甚五郎は涙を拭いながら、

「だが、一瞬のことで、俺たち御庭番をしても助けに行くことができなかった。あっという間に屋敷は崩れ、さらに炎は油を注いだように大きくなって……」

「よく覚えてるよ。炎に包まれながら、なんだか知らねえが、悔しさが込み上がって

きたこともな」

川辺に座り込んだ甚五郎は、済まないと素直に謝ってから、

「命を捨てても助けるべきだった……だが、そのとき俺は……赤ん坊のお葉を抱いていた。親方に預かった、お葉をな……」

「え？　どういうことだい」

「——お葉は……おまえもしっかりと覚えているとおり、まだ生まれて間もない、妹なんだよ、おまえのな……」

「う、嘘だ……」

「本当だ。親方は俺に、おまえとまだ名もついてなかった、お葉を託したんだよ」

「……………」

「嘘じゃない……だから、お葉はおまえの実の妹だ……」

座り込んでいる甚五郎の背中を、笹蔵は射るように見ていた。

「あんな茶碗なんかより、人の命の方が大切なのは当たり前のことだ……けど、あの頃の俺たちは、ただの御庭番……上に死ねと言われれば、死ぬのが当たり前だったんだ」

「……………」

「だが、笹蔵親方は自らの命を捨てて、俺たち手下を助けてくれた……ただ茶碗を燃やしただけではない……俺たちを救おうとしたんだよ」

しみじみと川面を見つめる甚五郎に、笹蔵は小さな声で、

「――分からねえ……だったら、咲花堂に渡した茶碗、どうして、あんたが……あれは贋物なのかい？」

「いや、それが……」

笹蔵を振り向いて立ち上がった、甚五郎は目を逸らさず、

「それが、どうしてか、焼け残ったんだ」

「!?……」

「〝三種の神器〟のひとつ、掛け軸も焼け残ったと聞いたことがある。それと同じように、あの茶碗もな……それを拾って俺は……隠していた。いや、この世にあってはならないと、何度も割ろうとした。だが、それでも割れなかった……ならば、一生、ただの茶碗として隠しておくしかない。でねえと、それを奪い合って、悪いことが起こるに違いねえ」

甚五郎は鬼気迫る顔になって、笹蔵の腕をつかんだ。

「だから俺は……誰かが盗み出しても、秘かに盗み返していたんだよ……茶碗が勝手

に舞い戻ったように見せかけてな」

「………」

「それが俺の使命だと思ってる。笹蔵親方への供養だと思っている。ああ、親方が望んでいたのは、天下泰平だったのだからな」

暮れなずむ隅田川を、笹蔵はしばらく無言のまま眺めていたが、

「つまらねえ、一生だな」

と呟いた。

「そんな茶碗ひとつのために命を賭け、あんたもまた、それに踊らされている」

「………」

「茶碗のために、大金を出そうって奴もいる……俺だったら、その茶碗を使って、強請《ゆすり》にかかるがねえ」

欲惚けた顔になった笹蔵を、甚五郎は諫《いさ》めるように、

「よせ。定信様と紀州様を天秤に掛けるような真似をするな」

「天下がどうなろうが、俺たちの知ったこっちゃない。面白おかしく生きるためには、金が要るんじゃねえか？　あんたはどうか知らねえが、親父がいねえために酷い暮らしをしてきた俺にとっちゃ……その茶碗は、親父が残してくれた遺産のようなも

のだ」

「バカを言うな」

「千両出しても、二千両出しても、その茶碗を手に入れたい奴がいる。だったら、くれてやればいいじゃねえか」

「おい……」

「バカ将軍の手に渡るくらいなら、松平定信様の手元にあった方が、いいんじゃねえか？」

「おめえ……親方の死を無駄にするってのか？」

「ふん。いい話を聞かせて貰ったぜ。後は俺が勝手にやるよ……神楽坂咲花堂とか言ったよな。むふふ。うまくいけば、お葉にも分け前をやる。だが、今更、兄貴面するつもりはねえ。その方が、お葉も幸せだろう」

「つまらねえ考えはよせ。あの茶碗は、邪悪な心を持つ者には、思いも寄らぬ制裁をするんだ。だから、俺もまともに扱えなかった。だから……」

「うるせえ！　下らぬ説教は沢山でえ！」

笹蔵は地面を蹴散らすように足を鳴らしながら、あっという間に駆け去った。追いかけようとしたが、足の速さでは到底、敵わない。

「ならねえ……絶対に、あの茶碗に関わっちゃならねえ……」

何度も呟きながらも、昔のようには動けない甚五郎は、どうしようもできない歯がゆさに、心がざわめいてきた。

八

神楽坂咲花堂に笹蔵が乗りこんだとき、近衛又十郎が感情を露わにして、怒鳴っていた。今にも抜刀しそうな勢いで、目の前に座っている綸太郎に向かって、

「ええいッ。これ以上、四の五の言うと斬り捨てるぞ」

と恫喝《どうかつ》した。だが、綸太郎は至って冷静に、

「あの赤楽茶碗は、うちの……上条家の〝三種の神器〟やと分かった今、あんたに渡す謂われはありません」

「ほざくな。真贋を見抜き、本物ならば、二、三日は手元に置きたいというから、ここに持ち込まれたと承知しても、我慢しておったのだ。貴様、咲花堂という名門のくせに嘘をつくと言うのか」

「紀州公に返すのであれば、私から、お返し致しましょう」

「なんだと？」

「あなたの手に渡れば、またぞろ政争の具にされかねませんよって。事実、松平定信様からも密偵が放たれている節がありますれば、奪い合いになるやもしれませぬので」

綸太郎が言い終わらないうちに、近衛は鋭く刀を抜き払い、辺りにある壺や茶器を激しく倒しながら、斬りかかった。それでも、綸太郎は冷静に避けながら、

「無駄でおます。ここには、もうおまへん」

「出鱈目を言うな！」

さらに斬りかかってくる近衛の懐の内に飛び込んで、腕を絡めるとそのまま引き倒した。均衡を崩して、上がり框《かまち》でしたたか頭を打った近衛は、その場で失神した。

「──さすがは、上条綸太郎。その腕前も衰えておらぬな」

玄関先に陽炎《かげろう》の如く立った男は、半兵衛であった。

「そこな近衛が言ったとおり、赤楽茶碗はここにあることが分かっておる」

「誰です？」

半兵衛はそれには答えず、

「渡せば命までは取らぬ……この番頭峰吉のな」

手下がふたり、峰吉の襟をつかむようにして引きずってきた。濡れ鼠のように情けない顔になっていて、

「若旦那……すんまへん……品川宿を出たところで、捕まってしまいました」

峰吉は刀を突きつけられて、あっさりと、茶碗は持っていないと白状した。自分は茶碗を奪い合う者たちの目眩《めくら》ましに、京に向かったまでで、茶碗は店にあると話したというのだ。

「日頃から、どんな希有な骨董でも、人の命とは比べられぬと言っているそうだな」

「…………」

「可愛い番頭のためだ。大人しく差し出せば、それでいい」

「別に可愛い番頭ではないし、どうせ老い先短いから、赤楽茶碗と交換するのは実に勿体《もったい》ないことや」

「わ、若旦那……」

峰吉は悲愴な声を洩らした。綸太郎はその姿を見つめながらも、

「まあ、仕方がありまへんな」

と奥から、茶碗を取り出してきて、丁重に扱って見せた。

「贋作ではあるまいな」

「どうせ、背後には松平定信様、とすれば利休庵清右衛門がいるはずや」

「！……どうして、そのことが」

「この近衛さんが奪おうとしたのを横取りするのやから、紀州公の密偵ではあらしまへんやろ。それに……よく見たら、あんた、どこぞで見たことがあるような」

「…………」

「篤《とく》と清右衛門に鑑定させればよろしい。それまで峰吉を預けてもよろしいおっせ」

「な、何を言うんです、若旦那」

さらに情けない声になる峰吉を、半兵衛はドンと押しやると、そのまま手下とともに風のように立ち去った。

そんな様子を――笹蔵が路地の物陰から、震えながら見ていた。


松平定信の屋敷に届けられた赤楽茶碗は、行灯の明かりを受けて、不思議なくらい煌々と輝いていた。まるで放っておけば、ひとりでに動き出しそうだった。

「うむ……勝手に元の居場所に戻る茶碗の話も、嘘ではなさそうに感じるのう」

定信はそう言いながらも、満足げに目を細めて眺めていた。

「それでは、私は……」

下がろうとする半兵衛に、定信は低い声で言い含めるように、

「分かっておるな、次の使命を」

「ハッ。水戸家にあるはずの刀……小烏丸《こがらすまる》の太刀でございますね」

「どのような手を使っても構わぬ。儂に届けろ。その身がなくなろうともな」

「承知」

半兵衛は忠犬のようにシカと頷いて、立ち去った。

改めて、しみじみと赤楽茶碗を眺めていた定信は、側用人を呼びつけて、裏庭にある石蔵に仕舞わせようとした。扉は二重になっており、たとえ猛火に包まれたとしても、中が燃えることはない。

「もっとも……いずれも、戦乱の炎に巻き込まれても燃えることなく、風雨に朽《く》ちることなく生きてきた天下の逸物。いかなる天災地変でも滅びることはあるまいが」

定信の顔が阿修羅のように変貌してゆくのを、家臣たちは誰もが異様に感じていたが、口に出せる者はいなかった。

「では、さっそく石蔵に……」

側用人が赤楽茶碗を受け取ろうとすると、

「待て……その前に、この名器にて、名残りの茶でも飲むか」

名残りの茶とは、本来、十月頃に行われる茶事のときに、前年に口切りをした茶葉を惜しみながら執り行うものである。茶室の露地に紅葉などを敷き置いて、侘び寂びを極め尽くすのだ。

「儂もそろそろ、人生の秋……今しかないのだ、天下を取るには……」

定信はしみじみと自ら点てた茶を、じっくりと楽しんだ。

その夜半——。

屋敷内の石蔵の前に、ひとつの人影が浮かんだ。

月もない闇夜に、音もなく鍵を開ける姿は、卑屈な盗賊ではなく、むしろ凜然とした態度に見えた。手際よいその仕草は、あたかも合い鍵を持っていたかのように、素早かった。

——カチリ。

という音も立てずに、第一の扉は開いた。

一間ほどの隙間があって、その奥にも、やや小振りの観音扉がある。鉄で出来ている重いものであった。錠前は二重になっていたが、賊はこれも容易に開けて、ゆっくりと扉を開いた。

途端、ガラガラと鳴子が鳴って、第一の扉が閉まり、第二の扉もしぜんに閉じられ、賊はわずか一間の隙間に閉じこめられた。

すると、天井近くにある明かり窓から、数本の矢が突き出てきて、一斉に賊に向かって射られた。矢はブスブスと突き立って、声もなく、藁人形のように倒れた。

さらに留めの矢を打ち込んでから、表扉を開けると、そこに倒れていたのは、本当に藁人形であった。

「!?――」

それを見た定信の家臣たちは凝然となって、思わず身を引いた。

「何事だ……賊を仕留めたのではないのか」

寝間着姿の定信が渡り廊下に立つと、ひらりと天井から舞い降りた黒い影が、そのまま中庭に飛び出した。

「いたぞ!」

行く手を阻むように、ドドッと家臣がさらに十数人現れて、立ちはだかった。ぐるりと取り囲まれた賊は……甚五郎だった。

側用人が蠟燭灯りを向けると、甚五郎は眩しそうに手をかざして、

「――もはや、これまでですかな」

と言って、胡座を組んで座り込んだ。

一歩、進み出た定信は、甚五郎を凝視して、

「そういうことか……茶碗が勝手に、おまえの所に戻るわけがあるまい」

「…………」

「おまえが十数年も守り通した赤楽茶碗……いずれは儂の手に入る運命《さだめ》であった。命乞いをするなら、殺さぬでもない。この松平定信、国元では、温情ある君主との評判ゆえな」

「二君に仕えるつもりはない。草の者とて、もののふと同じ」

「ならば、紀州藩とともに滅びるがよい」

「紀州藩と……？　松平様、あなたは元はといえば、紀州の出ではありませぬか。紀州が滅びてよろしいのですか？」

「徳川に御三家はいらぬ。御三卿もいらぬ。さようなものがあるから、争いが起こる。〝三種の神器〟さえ手に入れれば、それで天下は綺麗に治まる」

「そうでしょうか……心疚しき者が手にすれば、ただただ天下が騒乱するのみ……我が主君はそうおっしゃられておりました」

「…………」

「松平様……あなたも本来、優れて美しい心の持ち主のはず。なのに、どうして、か

ような鬼夜叉のような……」

「黙れ、下郎」

声は静かだが、険しく言い放った。

「この世はそれこそ鬼夜叉だらけだ。殊に千代田の城の中はな。それゆえ、この儂がきれいさっぱり成敗し、麗《うるわ》しい国を新たに作ってやるのだ……情けをかけたのが間違いだった。斬れ」

定信が家来に命じたとき、ムササビのような影が何処からともなく飛来した。同時、刀を手にした家来を蹴飛ばして、着地した。

「さ、笹蔵！」

驚いたのは甚五郎の方だった。目の前に現れたのは、笹蔵だったからである。

「何の真似だ、笹蔵」

「話してるときじゃねえだろう。さ、逃げようぜ。こんな所で殺されては、紀州御庭番の名折れじゃねえか」

「おまえ……」

「あんたが親父に頼まれて、赤楽茶碗を守り通した訳が分かった気がしただけだ。このまま、親父の死も無駄にしたくねえんでな」

「…………」

「さあ、行くぜ」

甚五郎の手を引いて一方に駆け出そうとしたが、その前にも数人の家来が立ちはだかった。火薬の匂いがする。いずれも鉄砲を抱えているのだ。

アッと立ち止まったふたりに、定信は背後から声をかけた。

「腕利きの鉄砲鍛冶が、自分が作った逸物で殺される気分はどうだ」

「！……」

「笹蔵……おまえも余計なことをしたようだな。紀州御庭番として、潔《いさぎよ》く死んでいくがよい。ふたり仲良くな」

定信が合図を送った。その寸前、甚五郎は爆薬を地面に投げつけた。

ドカンドカンと激しい音がして、一瞬にして炎が燃え上がった。それらは、ひとつの大きな獣のようになって、あっという間に石蔵に燃え移った。

それでも余裕で眺めている定信に、甚五郎は叫んだ。

「油を撒いていたのだ……蔵の中には爆薬も仕掛けてある」

「…………」

「いくら燃えぬ掛け軸や茶碗でも粉々になるだろうよ。邪《よこしま》な者に天下を渡すくらいなら、灰燼《かいじん》にせよ……それが、私に命じられたことだ」

甚五郎が威風堂々と言ったとき、ダダンと鉄砲の破裂音がした。

「じ……甚五郎さん！」

近づこうとする笹蔵に、胸に被弾した甚五郎が血塗《まみ》れで押しやった。

「逃げろ……いいな。こんなバカげたことは、俺までで沢山だ……おまえは生きろ……お葉と一緒に、兄妹《きょうだい》仲良く……」

甚五郎は最後の力を振り絞って、もうひとつ爆薬を地面に投げつけた。さらに炎が大きくなって煙が広がった。だが、石蔵が爆発することはなかった。

遠くで、半鐘《はんしょう》が鳴っている。

松平定信の屋敷が火事となれば、大名火消しもこぞって集まるに違いない。

——面倒だな。

これ以上騒ぎを大きくするなと、定信は家来に命じた。

甚五郎が投げた煙幕が消えたとき、笹蔵の姿はなかった。

だが、甚五郎はうつ伏せになって、虫けらのように倒れていた。大名火消しが乗りこんで来たときも、甚五郎の亡骸《なきがら》は無惨に打ち捨てられたままだった。草の者が、雑草のまま死んでいった姿がそこにあった。

江戸の夜空が、怨念のような炎で染まっていた。

# 第三話　鬼神の一刀

# 一

漆黒《しっこく》の闇の中に、ぼんやりと浮かぶ金色の光があった。腰反りの太刀で、その両刃《もろは》の切っ先は長く鋭い。

――小烏丸《こがらすまる》。

である。これは、壇《だん》ノ浦《うら》の合戦の直後、源氏《げんじ》の和田義盛《わだよしもり》という侍が、無人の舟の中から見つけた太刀で、後に足利尊氏《あしかがたかうじ》の祖先である義氏《よしうじ》に渡り、代々、足利将軍家の重宝となっていたものである。

桓武《かんむ》天皇の時代、大和《やまと》国の天国《あまくに》という鍛冶《かじ》が作ったとされる名刀である。

だが……色が違う。

刀身は鏡のような銀色に燦《きら》めくものだが、黄金の光を放っているということは、足利家に伝わる小烏丸とは違うことを物語っている。いにしえの書には、

『天下守護の宝刀小烏丸を平氏《へいし》将軍の貞盛《さだもり》に賜《たま》わり、将門《まさかど》を討たしむべし』

とある。平《たいらの》将門の乱において、帝はその刀をもって成敗しようとしたのだ。

小烏丸は、〝天下泰平五穀豊穣〟を祈願して作られた宝刀である。この宝刀が平貞

盛に下賜《かし》され、藤原秀郷《ふじわらのひでさと》とともに将門を討った。以来、この名刀は平家に伝わり、さらに足利将軍家に伝わって後、平家一門だった伊勢《いせ》家に伝えられ、江戸時代になってからは、対馬《つしま》藩主に移ったとされる。

将門の首を取ったのは、藤原秀郷の放った矢だということになっている。平貞盛が斬る寸前に射貫いたという。手柄は藤原秀郷である。よって、戦功による官位は藤原秀郷の方が上だった。

平定軍の総大将は平貞盛である。藤原秀郷は、下野押領使《しもつけのおうりようし》に過ぎなかったが、三千の兵をもって平貞盛の援軍となって、八面六臂《はちめんろっぴ》の大活躍をした。ふたりは、まるで双頭の龍の如く、敵を威嚇《いかく》し、追いつめたという。

藤原秀郷が矢で射貫いたというのは、巷説《こうせつ》であって、実際は騎馬戦が得意だった藤原秀郷が手にしていた太刀が将門の首を斬り取った。

つまり、小烏丸は二太刀あったのだ。

金の小烏丸と銀の小烏丸――。

そのうち、平貞盛が下賜された銀刀のみが宝刀として受け継がれ、実戦で血を吸った金刀は将門の怨霊が乗り移ったとされ、〝表舞台〟からは消えてしまったのである。

その金の小烏丸が、闇の中で輝いているのだ。

鞘《さや》から抜き放たれた太刀の柄《つか》を、握る手があった。女のように細くて白い腕である。だが、青白く浮き上がった血管の膨らみは異様なほどで、秘めたる力を誇示しているようだ。

黄金の太刀が闇の中で、音もなく、一閃《いっせん》、二閃すると、やがて、また漆黒の布に包まれたようにその輝きを消した。


その夜——。

どこぞで振る舞い酒でも浴びてきたのであろうか。陽気に都々逸《どどいつ》などを口ずさみながら、深川仙台堀《ふかがわせんだいぼり》沿いの道を、大工らしき中年男が歩いて来た。

ふと立ち止まって、信じられないように目を見開いて前方を見やると、若い娘があられもない姿で倒れている。着物の裾から出ている白い太腿がくっきりと月明かりに照らされている。

ごくり生唾《なまつば》を飲み込んで、酔っぱらいは赤い顔をしたまま、

「娘さん。そんな所に寝てたら、風邪を引くぜ。おい……おめえも今日の祭で、ちょいと浮かれちまったのかい？」

酒を飲まされて、ふらふらになった女を手籠《ご》めにすることはよくあった。だが、そ

の大工は本当に介抱をしてやろうと近づいて、

「おいおい。家は何処《どこ》だ。おぶっていってやるから、しっかりしな、おい……」

とそっと袖を摑《つか》み上げた途端、俄《にわか》に地面に真っ赤な血が広がった。一瞬、何が起こったか、大工の揺れる頭の中が混乱した。

「え……？」

よく見ると、娘は肩口から帯にかけてバッサリと斬られており、そこから血が流れ出ていた。じんわりと酔いが醒《さ》めた大工は、驚きのあまり声も出なかった。

「町人……よいものを見たな」

ギクリと振り返ると、大工の前には宗十郎頭巾《そうじゅうろうずきん》を被り紫の羽織を着た身分の高そうな侍が現れた。その背後には、家来らしき者たちが数人いた。

「！……だ、誰でえ」

立ち上がった大工は後ずさりをしようとしたが、娘の体に足が引っかかって、体がぐらりと傾いた。同時、頭巾の侍の刀が鞘走って、大工を袈裟懸けに斬り下げた。

「うぎゃあ！」

大工は物凄《すご》い絶叫で仰《の》け反《ぞ》り、そのまま伐られた樹木のように倒れた。ゴッッと鈍い音がした後、娘に覆い被さるように転がった。まだ瞼《まぶた》がピクピクと震えている。

その瞳に、頭巾侍の姿がくっきりと浮かんでいた。

だが、頭巾侍は死体には見向きもせず、手にしていた太刀の抜き身を惚れ惚れと見ていた。その黄金に輝く刀は、油でも塗ったかのように輝き、血は丸い粒となって弾いている。それを月光にかざして見上げ、

「実によう斬れる。さすがは将門の首を刎《は》ねた名刀だけのことはある……このズシリとくる重み、この美しい反り、そして痺《しび》れるほど鋭い切っ先……」

と言いながら、重なって倒れている大工と町娘をグサリと突き抜いた。

「ほほう……たまらんのう……まるで豆腐でも突いてるような感触だわい。一度手にすれば、決して放しとうない業物《わざもの》じゃ」

異様なほどギラついて輝く頭巾の奥にある目は、遺体から抜き払った後も、さらに月光に輝く刀身に吸い寄せられていた。

「殿。切れ味の余韻は屋敷にて……」

「うむ。長居は無用じゃったのう」

「はい」

殿と呼ばれたのは、何処の誰兵衛かは分からない。側用人らしき家来が合図を送ると、それぞれが頭巾の侍を守るようにして、そそくさと立ち去った。

その異様なまでの光景を、月だけが恬淡《てんたん》と見下ろしていた。

二

辻斬りがあったという噂は、江戸中に広がり、神楽坂下にある自身番でもしきりと話題になっていた。

北町奉行所定町廻り同心の内海弦三郎も、

「またぞろ、不気味な辻斬りだぜ……」

と両肩を落としていた。

この半月足らずの間に八人もの犠牲者が出ている。そのほとんどが町人で、浪人がひとり。浪人は相手と刃を交わした痕跡があるが、刀は真っ二つに折れていた。

「とはいえ、浪人の刀もナマクラではなく、肥前忠吉《ひぜんただよし》という名刀。当人も、元は備中《びっちゅう》のさる藩で指南役を務めていた手練《てだ》れ。にも拘《かか》わらず、鮮やかに斬られていたのだから……」

かなりの名刀で、しかも腕もよいという者の仕業であろうと思われた。

南北両奉行所は競《きそ》い合うように下手人を探していたものの、まったく手がかりが残

っていない。あるとすれば、

――刀を折り、一太刀で骨を断つ。

ほどの凄い刀が使われたということである。

岡っ引の捨蔵《すてぞう》は、調べてきたことを内海に話していたが、今度の探索には正直言って、あまり関わりたくないというのが本音であった。なぜならば、これまでひとりの南町同心と岡っ引と下っ引ふたりが、探索中に行方を晦《くら》ましているからである。

下手人に近づいたがために葬られた、というのが町奉行所での見方であるが、その真偽はまだ分からない。

「昨夜、斬られた二人については、まったく繋がりはありやせん」

捨蔵は自分でそう言いながら、背中がぶるっとなった。ずっと誰かに見られているような気がしてしょうがないからである。

「町娘は深川八幡近くで、小さな太物《ふともの》問屋を営んでいる者のひとり娘。男の方は、やはり仙台堀近くの長屋に住む独り者の大工でして、何の関わりもありやせん」

「関わりがない……」

「ふたりの足取りを辿ってみると、娘は父親の用事で、ほんの一町程離れた取引先へ木綿《もめん》を届けた帰り道。大工の方も町内の祭の飲み会の……」

「帰り道を襲われた」

「へえ。見つかったすぐ後は、無理心中か何かと思われやしたが、斬った上に、串刺しにするなんざ、人間のすることじゃありやせんや」

さしもの内海も渋い顔で頷《うなず》いて、

「しかし、俺も検死には立ち会ったが、あれはさほど手練れの仕業ではあるまい」

「と申しやすと？」

「本当の剣の使い手ならば、遺体に残っているような、力任せの断ち切りはするまい。魚を捌《さば》く料理人だって、いい庖丁でいい腕ならば、力を入れずにスウッと切る」

「旦那、喩《たと》えが悪いや」

「いずれにせよ、下手の大振りだ」

「ということは、もしや下手人は試し斬りをしたとでも？　刀の斬れ味をみるために」

「それ以外に考えられまい」

「……そんなア……そんなことで人が殺されていいんですかい。もう八人も犠牲になってるンだ。旦那、どうにかしねえと……」

「おや？　捨蔵、おまえは御用が嫌だったンじゃねえのか」

「嫌ですよ。嫌ですがね、うちのカカアやガキが同じ目に遭《あ》ったと考えたら、武者震いがきますぜ」

「だな。なんとしても、とっ捕まえねえと、夜道も歩けぬ。もうすぐ深川八幡祭だしな。それまでに片付けねえと、物騒でかなわぬ」

苛々《いらいら》と話しているところへ、ぶらりと綸太郎が顔を出した。

「旦那。ちょっと頼み事が……」

のっけから、そう言ってくる綸太郎を見て、内海は呆《あき》れた仕草で、ポンと煙管《きせる》の灰を土間に落としてから、

「遺体を見たいなんぞと言い出すンじゃないだろうな」

「お察しのとおりや。さすがは内海の旦那。勘所がいい」

綸太郎も夜毎起こる辻斬りのことが、ずっと気になっていたのだ。

「で？　前にもあったが、その切り口から、殺しに使った業物が何かを当てようって言うのかい」

「もし、それができれば下手人も早く見つかるんじゃありませんか？」

本音は他にある。自分が探していた〝三種の神器〟のひとつの刀剣かもしれぬと思い当たる節があったからである。むろん、内海は知らないことだ。

「ふん……よかろう。こっちも手立てがなくって困ってるのは事実だ。だがな、ひとつだけ言っておく」

「なんなりと」

「手がかりが分かったら、俺にちゃんと話すこと。それと、てめえ勝手に探索の真似事をしないことだ」

「何をおっしゃいますやら。いつも私を御用に引きずり出すのは、内海さんの方ではありませんか」

「ケッ。相変わらず、減らず口を叩きやがる」

本所廻り方に〝仁義〟を切って、内海が富岡八幡宮近くの自身番に綸太郎を案内したのは、その日の昼下がりだった。

傷むのが早いので、遺体は早々に土葬したいところだろうが、大工と町娘、ふたりの仏を拝むことができた。綸太郎は克明に刀の斬り痕《あと》を見ていたが、最も気になったのは、ふたりを貫通した刺し傷だった。

「どうでえ。到底、手練れの仕業とは思えまい」

「ええ……」

「若旦那の名刀阿蘇《あそ》の螢丸《ほたるまる》をして、これほどの切れ味はないと思うが、あまりにも手筋が乱雑すぎる」

「たしかに下手が斬ったに違いありまへんな。しかし……」

「しかし？」

「このふたりを突き抜いた痕《あと》は、いい手がかりになりますなあ」

「ほう。どういうふうに？」

「よく見て下さい。大工の胸から背中に突き抜いたものが、娘の背中に立っている。それを引いた折に、多少、捻《ひね》ったんやろな。傷が捻《ねじ》れてるのやが、これは切っ先が……両刃になっている証や」

「両刃……」

「足利の世よりも古《いにしえ》には、かのような仕立ての刀は多かったのどす」

「それは聞いたことがあるが……そのようなものを使っていたということか」

「今の刀工は作ってまへんやろ。それに、噂には肥前忠吉を叩き折ったという話も聞きましたが、ほんまどすか？」

「ああ、間違いない。なんなら、その刀も見てみるか？」

「まあ、それは信じまひょ。お奉行所で検分したのでしょうから」

綸太郎はそれにはあまり興味を示さなかった。もし、自分が探している刀剣だとしたら、どのような刀でもへし折るであろうことは、容易に想像できたからである。

「南無阿弥陀仏……」

　綸太郎は丁寧に仏に合掌してから、自身番を後にした。

　近くに、うまい穴子飯を食わせる店があるから、つき合えと内海が珍しく誘った。同心稼業をしている者は、たった今、死体を眺めたとしても食欲があるとみえる。

「穴子ねえ……悪食《あくじき》で、それこそ人の遺体でも食らうと聞いたことがありますが？」

「若旦那らしくない物言いだな」

　と内海は顔を覗《のぞ》き込むようにして、

「近頃、何かに取り憑かれているんじゃないのか？　顔色が悪いぜ」

「俺が……？」

「ああ、桃路も心配してた。何か悩み事があるなら、相談に乗ってもいい」

「それこそ気色の悪いことや。内海の旦那が俺のことを案じるなんぞ」

「惚れた女が惚れた男だ。こう見えても、俺は男気のある奴でな」

「自分で言うところが、やっぱり内海さんらしいわ」

　苦笑しながらも、綸太郎は内海について行った。近くと言いながら、竪川《たてかわ》を越えて、横川《よこ》に沿った道を業平橋《なりひらばし》の方まで歩いた。間もなく北十間川《きたじっけんがわ》。隅田川の吾妻橋《あずまばし》を

渡って、浅草まで行くつもりではあるまいな、と綸太郎が声をかけたとき、

「ここだ」

と内海が振り返った。

わずか一間の間口の店で、奥へ細長い白木の付け台があるきりの飯屋である。六人も入れば窮屈であろう。

穴子飯しか置いていないという殺風景な店で、出来上がるまで酒の一杯も飲めぬ。穴子は淡泊で繊細な魚だから、酒を飲めば味が分からなくなると、主人は言うのだ。

店には、金舎利と銀舎利のふたつがあって、金舎利は黄金色に光る御飯で、銀舎利はふつうの白い飯である。金舎利の方が高そうに見えるが、何のことはない。玄米のまま炊いたもので、銀舎利は精米したものである。

もちろん銀舎利の方が人気があるらしいが、内海は金舎利がお勧めだという。江戸っ子は白米が好きなために、脚気《かっけ》を患《わずら》った。玄米の方が滋養が豊富だからよいのと、歯ごたえがあって、この店の秘伝のたれとよく合うというのだ。

「不動尊前の重兵衛の鰻丼もなかなかだが、ここの穴子飯も負けてねえぜ」

蒸さずに出すから、その分、手間が早いが、それなりに時はかかる。飯が出て来るのを待っている間に、内海は店の片隅にある格子窓の外を指さした。

「すぐそこが水戸様だ」

「ん？」

「御三家水戸家の下屋敷だよ。三代藩主綱條《つなえだ》公の頃に、幕府から拝領したもので、時節になれば梅が咲きほこり、いい香りが漂うから、小梅御殿とも呼ばれている」

「…………」

「ここからは目と鼻の先だから、屋敷からも、この店の穴子飯をよく求められる。中《ちゅう》間《げん》だけでなく、偉い家来衆も所望してるとか」

「――どうして、ここへ？」

綸太郎は不思議そうに首を傾《かし》げて、内海に問いかけた。

「水戸様の屋敷を見せるために、わざわざ来たわけではありまへんやろ」

「見せるためだよ」

内海はあっさりと返答して、意味ありげに厚い唇を歪《ゆが》めた。

「若旦那……あんたが見抜いたのは、水戸家に伝わる小烏丸……違うかい？」

「！……」

「やはり、そうなんだな」

強張《こわば》ったような綸太郎の表情を見た内海は、確信めいて頷いた。

「まさか、内海さん……あんた、水戸様を疑っているんじゃありまへんやろな」

「疑ってる」

「…………」

「というより、お奉行が疑ってる……いや、老中首座の松平定信様が目をつけている。だから、こうして見張っている」

「こうして？　あ、もしや……」

「もう察したと思うが、この穴子飯屋は町方の密偵でな。辻斬りとは関わりなく、もう何年も前から、水戸様の動きを探っているんだ。猜疑《さいぎ》心の強い松平様のご命令でな」

俄に信じられないと綸太郎は首を振って、内海に向き直った。

「そやけど、旦那……」

何か言おうとしたが、綸太郎は口をつぐんだ。金の小烏丸と銀の小烏丸――。

そのふたつは、切っ先の長さが違うと言われている。綸太郎は自分の目で確かめたわけではないが、残された〝雁帳〟によれば、金の方が三寸も長いのに、切っ先の両刃の部分が短い。銀は、刀身の三分の二が両刃となっている。

つまり、金は腰折れも緩やかで、斬るよりも突くことに向いている。だから、藤原秀郷が将門の首を突き抜いたときには、矢で射ったと表されたのかもしれぬ。

いずれにせよ、此度の辻斬りで使われているのは、

――金の小烏丸であろう。

と傷の剔《えぐ》りなどから見て、綸太郎は判断していた。

「そやけど……なんだ、若旦那」

内海が執拗な目になって、聞き返そうとしたとき、穴子飯が差し出された。黄金色の米の上に、これまた程よく黄金色に焦げた甘だれがかけられていて、実に美味《うま》そうである。

「なるほど、水戸の殿様でも所望したくなりそうな香がしますなあ」

話を逸《そ》らすように、綸太郎は箸《はし》を手にすると、はふはふと食べ始めた。ほっこりと口の中に広がる甘辛いたれに包まれた穴子の旨味と、玄米飯の香ばしさが相まって、綸太郎の頬は一瞬にしてとろけた。

「はあ、美味い……」

三

「まずい……実に、まずいことになったな……」

松平定信は鉄扇を脇息に打ちつけながら、苛立ちを露《あら》わにして、目の前に控える半兵衛を睨《にら》みつけた。

「殿……落ち着いて下さい。まだ、水戸治保《はるもり》公が辻斬りをしていると決まったわけではありませぬ」

「ならば他に誰がいるというのだ」

ぶるぶると全身を震わせながら、定信はさらに鉄扇を半兵衛に投げつけた。だが、半兵衛は避けることなく、額で受け止めた。じわりと血が滲《にじ》んだが、拭うこともなく、

「お心を、どうかお静め下さいませ。治保公はかつて、殿を老中にすべく、尾張宗睦《むねちか》公、紀伊治貞《はるさだ》公とともに奔走した御仁ではありませぬか」

病がちだった十代将軍家治《いえはる》の死後、自分の実子を将軍の座につけた一橋治済に与《くみ》する形となったが、同時にまだ十四歳だった家斉の後見役の老中として、松平定信を推

挙したのは、この御三家の当主たちだった。

老中が譜代大名に限ることは、幕府の不文律だが、吉宗の孫である定信がその座に就いたのは、田安家から出て白河松平家の養子となっていたからである。特別な事態には違いないが、

――将軍の縁者とは言えぬ。

と治済と御三家が強引に決定した。中でも、水戸治保は、常陸《ひたち》の佐竹《さたけ》家を彷彿《ほうふつ》とさせる武門中の武門として知られており、強力な後ろ盾となっていた。

水戸家は石高こそ尾張と紀州に比べて半分ほどと小さいが、藩主は江戸に在府して将軍を補佐する使命があった。それが副将軍と呼ばれるゆえんである。家斉を補佐すると同時に、聡明な定信を老中に据えることで、頑強な幕藩体制を堅持しようと努めたのだ。

ちなみに、幕末に最後の会津《あいづ》藩主で、京都守護職となって、時代に翻弄《ほんろう》される松平容保《かたもり》は治保の曾孫である。

「殿……あの治保公が、定信様の足を引っぱるようなことをなさいましょうや。田沼意次を追放する折も、陰に日向《ひなた》に尽力して下さったではありませぬか」

「分かったことを言うな」

「………」

「時は、容赦なく人を変えるものだ。儂はこの目で幾多の裏切りを見てきた。治済殿しかり、田沼しかり……それが何故か分かるか」

「三種の神器が揃っていないから……ですか」

「さよう。みっつ一緒に手にしてはならぬ人物が手にした途端、刀に潜んでいた妖気が現れ、思いも寄らぬことをするのだ。名刀はすなわち妖刀と言われるのも、それがためだ」

「はい……」

「ならば、おまえの手で辻斬りを阻止せい。町方を当てにしておっては埒《らち》があかぬ。それに、万が一、治保公が下手人だったとなれば、それこそ幕府の汚点……幕閣連中も諸藩も、この儂を推挙したことすら、間違いだと騒ぎ出すであろう」

定信は目をカッと見開いて全身を震わせた。

その鬼気迫る姿を、半兵衛は驚きつつも、目の奥に植えつけるように凝視していた。

「………」

「何を見ておる、半兵衛」

「掛け軸と茶碗……それらを手にしたからこそ、殿も変わったのかと……」

「愚か者。そのふたつが、残りの刀剣を呼んでおるのだ。目に見えぬ力で、まるで磁力のように、お互いに引き合っておる。この儂を軸にしてな」

「…………」

「だからこそ、どうでも治保公の不行跡を続けさせてはならぬ。その小烏丸が儂の手元にさえくれば、三種の神器は揃い、妙な騒ぎもなくなろう。改めて、儂が天下人となるよう、誰もが認めるに違いあるまい」

三種の神器が揃えば、家斉を殺せと命じるのではないか。半兵衛はそんな妄想すら浮かんだが、もちろん口にはしなかった。

「よいな。その刀……見事、その手で奪ってみせい」

半兵衛は深々と頭を下げると、ひらりと翻《ひるがえ》って、真っ暗な中庭に飛び出した。


その夜、内海は辻斬りを捕らえるために、水戸藩下屋敷の周辺に、四人の同心と三十数人の岡っ引、下っ引、町方中間、捕方らを潜ませていた。穴子飯屋が、

——今宵も外に出る。

ということを、屋敷内に行った折に掴んできていたからである。

案の定、暮れの四つ頃になって、表門が開き、武家駕籠《かご》がゆっくりと出てきた。陸《ろく》尺《しゃく》が前後に四人と、供侍が八人ばかりいる。駕籠の扉は閉じられたままなので、顔は見えない。

何処に行くのか見当はつかないが、尾けるしかない。だが、この大勢が一度に移動するとなると、いくら夜中とはいえ気取られるであろう。辻斬りが出た所を検証して、次の犠牲者が出る辺りを絞っていたから、職人や屋台担ぎ、芸者などに扮装していた岡っ引たちを除いては、秘《ひそ》かに深川不動尊裏あたりに移った。

大日如来《だいにちにょらい》の化身と言われる不動明王《ふどうみょうおう》は、最も救いがたい衆生を力ずくで正しい道に戻すがために、憤怒《ふんぬ》の姿をしていると言われている。そのような不動尊の前で、意味もなく情けもなく、殺生をしようというのだから、まさに神仏を畏《おそ》れぬ所行であろう。

今宵も月は厚い雲に隠れて出ておらず、辺りには暗闇が広がっていた。

ゆらゆらと提灯が、武家駕籠に近づいてくる。

羽織芸者の姿がぼんやりと灯りに浮かんで、艶めかしく見える。

その女は、桃路であった。

武家駕籠を認めた桃路が、路肩に身を寄せて腰を深々と屈め、やり過ごそうとしたところに声がかかった。

「芸者。ちと道を尋ねたい」

先頭にいた供侍の野太い声に顔を上げた桃路は、

「はい。どこに参るのでございましょう」

神楽坂に来る前は、深川芸者の置屋に世話になっていたから土地鑑はある。

「青蓮寺《せいれんじ》という古刹《こさつ》があると聞いてきたのだが、道に迷ったようでな」

「はて……そのような寺はこの辺りには……」

と言いかけたとき、駕籠の扉が開いて、頭巾の武家が顔を出した。陸尺が草履を揃えて置くと、のっそりとした体軀の武家が供侍に支えられるように、表に踏み出た。

不思議そうに見ている桃路を、いつの間にか、ずらりと家来たちが取り囲んだ。その異様な目つきに、桃路は思わず身を引いた。

「怖《こわ》がることはない」

頭巾の武家が、供侍から手渡された小烏丸を手に取ると、おもむろに鞘から抜いた。その刀身は薄明かりの中であるにも拘わらず、目映《まばゆ》いくらいの金色に輝いた。

――あっ。

と桃路が目を覆い隠そうとした次の瞬間、頭巾侍は刀を振り上げて、シュッと斬り下ろした。すんでのところで後ろに下がり、わずか一寸の差で避けたが、背後にいた供侍が両肩をぐいと摑んだ。

まったく身動きできない桃路に向けて、頭巾侍が切っ先を向けた。両刃の鋭い切っ先が、今にも突き出てきそうで、桃路は気を失いそうになった。

その時、闇を切る音がして、小柄《こづか》が頭巾侍の腕に突き立った。

「うっ……な、何奴じゃ」

振り向いたその先に立っていたのは、綸太郎だった。

供侍が一斉に綸太郎の方を見やったとき、桃路は背後の侍に肘打ちをして露地に駆け込んだ。思わず供侍が追ったが、そこには玉八が匕首《あいくち》を抜き払っており、その後ろから、内海が十手《じって》をぐいと向けて現れた。

「!?——町方……か」

「お恐れながら、水戸様……あらぬところを拝見させて戴きました」

慇懃《いんぎん》に物申したが、内海の眼光は刀の輝きよりも鋭かった。

「はい。ずっと、お屋敷から尾けておりますから、言い逃れは無用かと存じます。ここは潔《いさぎよ》く、腹をかっ捌《さば》くか、さもなくば直ちに御城に出向き、老中若年寄の前で申し開きをするのが筋かと存じます」

「黙れ。不浄役人ふぜいが」

供侍が感情を露わにすると、頭巾侍は制するように首を振って、

「いきなり襲われて賊だと思ったから反撃に出たまで。芸者と分かったので、先へ行こうとしていたところじゃ」

とくぐもった声で言った。

「言い訳は無用と申し上げたはずですぜ」

「ならば、何も言わぬ」

鞘に刀を戻そうとした頭巾侍に、綸太郎が声をかけた。

「それは水戸家に伝わる小烏丸……しかも、金の小烏丸ですね」

頭巾侍の目の奥が光った。

「その刀で、辻斬りが行われたのは、私が自ら鑑定しておりますれば……内海さん、殺しに使った証拠の品として、直ちに預かるがよろしいかと思います」

「控えろ、下郎。名を名乗れ」

「刀剣目利き神楽坂咲花堂、上条綸太郎にございます」

上条……この名が御三家や御三卿は元より、幕閣や諸大名が知っているのは当然のことだった。頭巾の武家も驚きを隠せず、一瞬、たじろいだように膝が動いたが、

「――だから、何だというのだ」

と言い返してきた。

「上条家はたしかに足利の世には、不正を働く役人を懲《こ》らしめる閻魔《えんま》の役目を果たしていたと聞いたことがあるが……三種の神器は、すでに徳川家に移っておる。おまえの出る幕ではない」

「移ったのではなく、奪ったのです」

「なんだと……」

綸太郎はザッと動こうとする家来たちの動きを制して、頭巾侍を見据えた。

「まずは、その被り物を取って貰いましょうか」

「………」

「治保公ならば、私も何度かお目にかかったことがあります。その体軀、目つき、物腰、言葉遣い、声……何もかもが違う」

頭巾の武家は微動だにしなかった。いや、できなかった。半歩でも動けば、綸太郎の名小太刀〝阿蘇の螢丸〟が向かってくることが、目に見えていたからである。

それでも、家来たちは主君を前にして、たじろいではいられなかった。

「キエーイ！」

鋭い気合いと同時に抜刀し、踏み込んできた。綸太郎はひらりと義経《よしつね》のように跳ねてかわすと、小太刀で手首を打っていた。他の供侍も一斉に斬りかかってきたが、内海も乗りこんで来て、激しく刃をぶつけあった。

相手は八人いるものの、岡っ引の捨蔵が呼び子を鳴らすと、あっという間に同心が四人と手下が三十数人、御用提灯を掲げて飛び出してきた。

すでに、三人、四人と供侍を倒している綸太郎と内海の腕前に、頭巾侍はたじろいでいた。陸尺は逃げ出しており、残りの供侍たちは駕籠に逃げ込む頭巾侍を庇《かば》うので精一杯だった。

「ひゃ、ひゃあ……やめろ、やめてくれェ」

情けない声が駕籠の中から洩れてくる。

刀を向けたままの供侍たちに、綸太郎はズイと小太刀を向けて訊いた。

「——藩主ではないな？」

供侍たちは何も答えなかったが、それで事情はよく分かった。

「中を見せて貰おうか……命を賭けねばならぬ奴なのか？」

さらに綸太郎が迫ると、供侍たちは観念したように駕籠から離れた。途端、町方同心と捕方たちが駕籠に近づいて取り囲み、

「御免！」

と声をかけて駕籠を開けた。

その中では、ぶるぶると情けない姿のまだ若い男が膝を抱えて座っていた。

内海はその男の後ろ襟を摑んで、路上に引きずり出した。

「おまえが辻斬りをしていたのだなッ」

若い男は震えながら、知らないと小さく呟《つぶや》くだけだった。

「——内海さん、刀は？」

綸太郎が慌てて声をかけた。

「え？」

「今、こいつが持っていた、小烏丸です」

駕籠の中にはない。いや、たしかに手にしたまま逃げ込んだはずだが。

綸太郎がふと見上げると、一町ばかり離れた商家の屋根の上を、猿《ましら》のように飛び去って行く黒い影が見えた。その手には、たしかに刀剣のようなものが握られている。

「あっ——！」

騒ぎに乗じて、小烏丸は盗まれたのだ。

綸太郎は思わず駆け出したが、闇の中に消えた黒い人影は、二度と現れることはなかった。どこかで梟《ふくろう》の鳴き声が、不気味に響いているだけであった。

四

翌朝、江戸城御殿の下部屋《しもべや》から御用部屋に来たばかりの松平定信に、茶坊主を束ねる同朋頭《どうぼうがしら》が訪ねて来て、

「水戸様がご面談を申し出てきております」

と報せにきた。同朋頭が来るとはよほどの火急か重要な案件に間違いない。定信はすぐに、お通しせよと言ったが、昨夜の辻斬りのことであろうことは、重々承知していた。

そもそも御三家が城に入ることも、規則で制限されている。だが、水戸治保は定信を後押しした張本人であるし、火急の用向きとあれば、御定法を盾に追い返すことはできまい。極秘に屋敷に訪ねてきて密談をするよりは、よほど外聞もよいと判断したのだ。

飲み物を出した茶坊主を早々に追い払って、定信は丁寧に頭を下げた。上座に座らせようとしたが、

「お心遣いご無用。早速、話に入りたいことがある」

と治保が慌てたように声を張り上げると、定信はシッと指を立てて、

「城中とはいえ、壁に耳あり障子に目あり、でございます」

「あ、うむ……」

「昨夜の一件ならば、水戸家家老のバカ息子がやらかしていたことですから、そちらで切腹させるなり、御家断絶にするなり勝手次第で、よろしく頼みます」

「一切を拭う……というのか」

「水戸家の家老の息子が、名刀に魅入られて、その切れ味を試すために辻斬りをしていた……となれば、主君になにがしかの累《るい》が及ぶのは必定。すべてを永尋……つまり、〝くらがり〟に落とします。その代わり、二度と辻斬りは出ますまい」

「かたじけない。定信殿、そなたにはまた借りができたのう」

「いいえ。こちらこそ、水戸様にはまだ借金だらけでございます」

そう言いながらも余裕の笑みを返した。治保は浮かぬ顔のままで、

「困ったことに……水戸家重代の家宝〝金の小烏丸〟が……何者かによって盗まれた」

「なんと……！」

「あれが、どこぞに出回ったりすれば、それこそ水戸家の恥。お取り潰しにもなりかねぬ。なんとしても、これを探して貰いたい。今日はそのために参った」

「金の小烏丸が……誰が盗んだか、心当たりはないのですか」

「――ない」

深い溜息をついた治保は、畳の目でも数えるかのように俯いていたが、

「ないのはないが……もしや、尾張か紀州の仕業ではないか、とも考えてしまうのだ」

「何故《なにゆえ》に」

「おぬしも承知しておろうが、尾張には掛け軸、紀州には茶碗、そして、水戸には刀剣が奉じられた。それは、御三家に権力を分散すると同時に、イザとなれば徳川宗家のために、ひとつになって力を発揮するものだ」

「はい……」

「一橋の出である家斉公が将軍の座にあっても、御三卿よりも御三家の方が格上であるのは、その三種の神器を代々受け継いでいるからに他ならぬ」

「承知しております」

「それが、尾張からも紀州からも、その御家を潰してでも守らねばならぬ家宝が何者

かによって奪われた……という噂を耳にした」

水戸からも密偵が放たれていて、尾張紀州両家から、家宝が紛失したことを調べていたのであろう。治保は悔しそうに膝を叩きながら、

「だが、それは表向き……もしや、尾張か紀州が、三種の神器を独り占めにしているのではないか。そして、家斉公を亡き者にして、宗家を乗っ取ろうとしているのではないか、という気がしてならぬのだ」

「私は……初耳でございます」

定信は相手に合わせて、話を聞いていた。

「さようか……実は、そのことが幕閣内でも噂になっているのかどうか、尋ねてみたかったのじゃが……無駄足だったかのう」

「——治保様」

神妙な顔になる定信に、治保は悄然となった目を向けた。

「実は……というほどではありませぬが、尾張と紀州も、怪しげな動きがあるのは確かです。ですが、水戸家は将軍家を守る副将軍の立場、尾張や紀州とつまらぬことで争ってはなりませぬ」

「分かっておる。だからこそ……」

「二家の動向が気になるのでございますね。ならば、私が色々と調べ尽くして、逐次、治保様にお報せいたしましょう」

「ま、まことか」

千人の味方を得たような表情になった治保は、救いを求めるような目のままで、

「来た甲斐があった……助かった……まこと助かった……」

と定信の手をしっかりと握り締めた。だが、定信の目が冷ややかであることに、治保はまったく気づいていなかった。

その夜——。

下城するなり、定信は屋敷の奥座敷に入り込み、誰も近づかせないようにして、ひとり〝三種の神器〟を目の前に置いて、目を爛々《らんらん》と輝かせていた。

「むふふ……むはは……ふははは」

腹の底から笑いが込み上がってくる。定信は床の間に飾った、掛け軸の幽霊画、赤楽茶碗、金の小烏丸を眺めながら、実に満足げに相好《そうごう》を崩していた。

だが、その三つが共鳴して、不穏な何かが起こる気配はない。それは、まだ定信は魂を吹き込んでいないからだ。そう思っていた。

——天下を牛耳《ぎゅうじ》る。

その思いが極致に達しない限り、〝三種の神器〟が騒乱を起こすことはないであろう。

行灯の明かりが揺れた。

ふいに起こった一陣の風に、定信は我に返った。

「誰だ……半兵衛か……」

「ハッ」

「誰も近づくなと命じたはずだ」

「私が騒ぎに乗じて奪った小烏丸。それは本物に間違いないでしょうか」

「間違いない。利休庵を呼んで、秘かに鑑定させた」

「では、そろそろ天下取りに参りますか」

「三種の神器を手にして、天下を牛耳るという野心さえあれば、自ずと治めることができる。焦《あせ》ることはない。天が儂の味方をして、自然とそうなる流れがくる」

「ならば、よろしいのですが」

「む？　どういう意味だ、半兵衛……何か含んだ言い草だな」

「気になることがあります」

「何だ」

半兵衛はきちんと正座をしたまま。

「私が何故に、それらを揃えることができたか……というのは、かつて一度だけ三つが揃ったときを見たことがあるからです」

「見たことがある？」

「はい……」

固いものを飲み込んだように、半兵衛の声が掠《かす》れた。

「あれは二十年程前の年賀行事の後、水戸藩上屋敷に、尾張大納言様、紀州中納言様がともに訪ねてきた折です。私は、紀州公の御庭番として同行しておりました」

「…………」

「三種の神器を揃えて、御三家の当主が顔を合わせたのです。そのとき……」

「そのとき？」

「揃ってすぐ、掛け軸、茶碗、刀剣の三つが勝手に震えだし、光を放ち、部屋全体が冷たい霊気に包まれたのです」

「光った、だと？」

「はい。此度《こたび》、それが起こらないということは、この三つのうち、少なくともいずれかひとつが贋物である疑いが……」

「黙れ、半兵衛。いい加減なことをぬかすと、おまえとて只ではおかぬぞ」

自尊心を傷つけられた子供のように定信は苛立って、半兵衛を睨みつけた。

「——お怒りはごもっともですが、いずれが贋物か、今一度、確かめる必要があるかと存じます。でなければ、天下は殿の下には訪れませぬ」

「ええい。まだ言うか！」

正気を失したように怒鳴る定信を、半兵衛は冷静になだめてから、

「それらが本物かどうか、きちんと調べられるのは、あの者しかおりませぬ」

「あの者……？　上条綸太郎か」

「さもなくば、父親の雅泉」

「京まで運ぶというのか」

「まさか。さようなことをすれば、みすみす上条家に返すようなもの。綸太郎で十分でございましょう。きちんと本物かどうかを確かめる。その上で……御三家にゆさぶりをかけ、さらにお互いの猜疑心を煽る……そのことが天下に近づく奇策だと存じます」

半兵衛が自信たっぷりに言うからには、何か腹案があるのであろう。定信はしばらく、目の前の〝三種の神器〟を眺めていたが、

「よかろう……確かめてみるか」

と呟いて、唇をへの字に曲げた。

五

本多《ほんだ》という松平定信の用人が神楽坂咲花堂を訪ねて来たのは、最後の辻斬り事件が起きてから、数日後のことだった。

その間に、内海は何度も水戸藩下屋敷を訪ねて、家老などに面会を求めたが、

――辻斬りとは一切、関わりない。

と言うだけで、話し合いのひとつもできなかった。そのうち、奉行から、探索打ち切りの命令がきたのだった。だが、一連の辻斬りの真似をする輩《やから》が出るかもしれぬとの懸念《けねん》から、市中見廻りは強化されていた。

その途中、咲花堂に立ち寄ったときに、本多が訪ねて来たから、内海に少しばかり緊張が走った。老中の用人といえば、町方同心から見れば雲上人《うんじょうびと》に仕える人だから、思わず深々と挨拶をするのだった。

綸太郎は本多とは面識が二、三度あるが、あまり好きになれなかった。人を威圧す

る雰囲気があったからである。それに、老中の用人が来るとは、どうせロクなことではなかろう。

「綸太郎殿にぜひ見て貰いたい逸品があるのです」

「私に？」

「はい」

「それは、何でございましょう。御老中首座の定信様ならば、公儀目利き所の本阿弥家に頼めばよろしいし、仲睦まじい利休庵清右衛門もいらっしゃるやありまへんか」

「――綸太郎殿にしか鑑定できないものだと思います」

含みのある言い方をした本多は、ちらりと内海を見て、

「少々、大事な話がありますので、席を外してくれますか？」

「あ、これは……失礼致しました。早々に……」

と立ち去ろうとする内海に、綸太郎は構わないと止めた。そして、店の奥の座敷に座っている峰吉にも、篤と聞いておくようにと命じた。

「それでは困るのです……綸太郎殿」

「人に聞かれて困るような頼み事ならば、こちらからお断り致します。殊に権力を握っている御仁のなさることには、今までも色々と恐ろしい目に遭ってますのでな」

「困りましたな……」

本多は首をもたげて、

「どうしても無理だと言うのでしたら、やむを得ませんが……三種の神器の話と言えば、少しは心が動くかと」

綸太郎はわずかに眉が動いたが、小馬鹿にするように苦笑して、

「定信様のお考えは手に取るように分かります。うちの三種の神器を取りそろえたところで、何の力も湧きまへんやろ」

「——知っていたのか」

「えらいことをしなはった……あれは辻斬りに使われた刀でっせ。水戸家の者が、その宝刀で、何の関わりもない人々を殺しておいて、何のお咎《とが》めもなし。それどころか、凶行に使われた刀を奪い取って、宝物にするとは片腹痛いどすな」

「なにをッ」

初めて感情を露わにした本多だが、もう何を言っても無駄だと思ったのであろう。老中に逆らえば、どうなるか後で分かると脅しの文句を言って、店から出て行った。

「峰吉。塩を撒《ま》いておきなさい」

腹立たしげに言った綸太郎に従って、峰吉はすぐに台所に立って塩壺を抱えてくる

と、関取のようにバッと散らした。

「おととい来やがれ！……って江戸っ子なら、そう言うんでっしゃろ？」

峰吉がもう一度、塩を摑んで投げたとき、内海がぶらりと表に出てきた。

「どういうことだ、番頭」

「は？」

「辻斬りの刀を松平様が奪ったというのは、どういうことかと訊いてんだ」

「そ、そんなこと私に言われても……」

店内を振り返った内海は、激しい苛立ちを隠しもせず、

「辻斬りが水戸様と関わりあるやもしれぬと睨んでいたのは、そもそも松平定信様だ。だからこそ、町奉行に命じ、秘かに我らも探索してた……だが、それは宝刀とやらを奪い取るためだったのか？」

と責めるように言った。同じことを綸太郎も考えていた。水戸家の者が辻斬りをしていたのは、定信にとって、是《これ》幸いだったということだ。

「それにしても……御老中の使いを追い返すとは、あんた何を考えてる」

内海は改めて、上条綸太郎という人間を不思議そうに眺めた。自分たちとは住む世界が違うと感じていた。いや、身分のことではない。何か得体の知れない不気味なも

のを感じていたのである。

それは番頭の峰吉ですら分からないことである。上条家の血脈のなせる業としか、言えなかった。


辻斬りの探索を勝手に打ち切られた内海は、釈然としなかった。

「あいつも同じだ……ぞっとする。冷たいものだ。人の命より刀剣だの茶碗だのの方が大事なんだ……」

まるで不動明王のように憤怒の表情で、坂道を下っていると、桃路が通りすがりに、はんなりとした声をかけた。

「旦那……内海の旦那……さっきから何をブッブッ言ってるんです？」

「え、ああ……」

振り返った内海は恐い顔のままで、

「おまえも、あの男によく似てきた。ああ、綸太郎のことだ。人の情けというものが欠けてる。それが京男の本性か。あんな男のどこがいいんだ」

「また何かあったんですか、若旦那と」

「気をつけた方がいいぞ。あいつは俺たちとは違う浮き世の人間だ。ぞっとするものがある。だが、俺は違う。熱い血の通った人間だ。同心として、しなきゃならねえことをやる。まあ、見てな」

「旦那……」

桃路は普段とは違う内海にこそ違和感を覚えた。

「だって、旦那はいつも人のことより、自分のことを一番に……」

「うるせえ。八人もの罪のない人間が殺されて、黙ってろってェのか」

「誰がそんなこと……」

「桃路。おまえも、辻斬り捕縛のために一枚嚙んでくれたが、もしあのとき、ほんの少しでも間違いがあったら、死んでたかもしれぬ。そんなことを、綸太郎は平然とさせるのだ」

「あれは私の方から望んで……」

「それでもだッ。俺なら、絶対にやらせねえ」

内海はどことなく寂しい目だが、険しい声で、

「御三家なら何をしてもいいのかッ。俺はそんなことのために、十手を持ってるんじゃねえ」

御用の筋では、それなりに手柄のある内海だが、此度の辻斬りに関しては、他のど

のような事件よりも苛立っていた。桃路にも、その気持ちはよく分かっていた。まさに、何の罪もない人間が一瞬のうちに殺されたのだ。中には、祝言を控えていた女もいる。たったひとりの母親を看病していた孝行息子もいる。まだ年端もいかない子供もいる。

「そいつらが……一体、何をしたと言うんだ。俺は……相手が誰であろうと、お縄にする。きっちり始末をつける。それだけだ」

桃路を圧倒する口ぶりで断じると、内海は転倒しそうな速さで、坂道を駆け下りた。

その勢いのまま、本所深川の水戸藩下屋敷に来た内海は、何度も何度も表門を叩き続けた。途中から、仕方なくついてきた捨蔵は、脇腹が痛くなるほどだった。

「よ、よしましょうよ、旦那……御三家に盾突いたところで何になるんです。もう何度も追い返されたじゃありませんか」

「…………」

「それに、下手人との噂がある家老のバカ息子とやらは、とうに江戸を離れてるってことですぜ。旦那、もう忘れましょう。悪い夢でも見たと思って」

「江戸を離れてしまった……か」

「へえ。ご覧下さい。あっしらには、到底、敵《かな》いっこねえ、大きな砦だ」

捨蔵が見上げた。

まさに堅牢な城郭のように、表門は閉じられたままだった。

「そうか……ならば、仕方あるまいな」

掌を返したように、あっさりと素直になった内海のことが、捨蔵は気になった。

「捨蔵……おまえにも色々と世話になったが……御用札もこれまでにしよう」

「だ、旦那……何を考えてるンで？」

「なに。所詮は蟷螂《とうろう》の斧と悟ったまでよ」

目を細めると、ペッと門前に唾を吐き捨てて、踵《きびす》を返した。

六

長く伸びた一本道を、修行僧姿の男がふたり、黒染めの衣をなびかせて歩いている。不気味な殺気を抱いているのは、筑波《つくば》おろしが厳しいせいであろうか。

風雨にさらされて薄汚れている一里塚に、

『土浦《つちうら》宿まで一里』

と彫られてある。

水戸街道十一番目の宿場で、土浦藩の城下町。本陣もふたつある立派な宿場町だが、修行僧が来たのは城下の外れ、桜《さくら》川沿いにある寒村だった。小さな村だが、霞《かすみ》ヶ浦《うら》の水運と関わりがあり、船着場も沢山あって、荷船で賑わっていた。

修行僧の黒衣と似たような烏が、不気味なくらい空を埋め尽くしている。まるで、死体が出るのを待っているようだった。

河畔にあるあばら家を見つけた修行僧ふたりが、シャンと錫杖《しゃくじょう》を鳴らすと、その音に気づいた白髪の老人が、野良仕事の手を止めて振り返った。

「？……」

修行僧ふたりはゆっくりと老人に近づいていきながら、

「綾瀬文五郎《あやせぶんごろう》だな」

「そうだが？」

「おまえの命を貰いにきた」

「なんだと……訳を言え」

「これから死ぬ奴が知る必要はない」

間合いを計るように、ふたりの修行僧は離れ、イザ斬らんとばかりに、左右から老人に対峙《たいじ》した。飛びすさって鍬《くわ》を構える老人に、修行僧は呼応し合って、錫杖に仕込んであった刀を抜き払うと斬りかかった。

一合わせ、二合わせ――。

激しい刃が弾き合う音が河原に響く。離れた所で見ていた荷船の船頭たちが、驚いて振り返った。

ほんの一瞬でも目を離せば斬られる。

老人は懸命に、あばら家の方へ駆け出したが、修行僧が投げた棒手裏剣がふくらはぎに突き立った。それでも、老人は立ち止まらず、踏ん張って自分も手裏剣を投げ返した。

綾瀬文五郎と呼ばれた老体も、なかなかの手練れで、忍びの心得があるとみえる。

修行僧のひとりが鎖鎌《くさりがま》を投げつけた。

グワン――と唸りをあげて、文五郎の足首に絡んだ。棒手裏剣を受けているから、思うがままに動けない。

「貴様ら……一体、誰だ」

喘《あえ》ぐように文五郎が振り返ると、ふたりの修行僧は淡々と、

「さあな。風神、雷神とでも言っておくか」

一瞬、にやりと笑った修行僧たちは、獣のように駆け出したかと思うと、つむじ風が起こった。いや、ふたりが錫杖を振り回しながら並び立ち、物凄い勢いで辺りの砂埃を巻き上げたのだ。

それが自然の目潰しになったのか、文五郎は思わず瞼《まぶた》を閉じた。必死に拭って、すぐに開いたが、そのときには目の前に、修行僧はひとりしかいない。

「!?——」

途端、地面に黒い影が見えた。

文五郎の頭上から、両手を広げて降ってくるように、もうひとりの修行僧が攻めてきていたのだ。咄嗟《とっさ》に、仰ぎ見て鍬を構えた文五郎の脇腹に、グサリと修行僧が突いた。

同時、空から降りてきたもうひとりの刃が脳天を叩き割った。

声もなく、文五郎は薪のようにその場に倒れた。

止《とど》めの必要もない。ふたりの修行僧は仕込み杖を仕舞うと、何事もなかったように、その場から立ち去った。

あばら家の裏手にある物陰では、斧を手にした若い娘が恐怖の顔で震えていた。その口は男の手に塞がれていた。

その男とは――内海だった。

飛び出そうとする娘を、さらに力強く押さえつけて、

「だめだ、娘さん……今、飛び出せば、奴らがまた帰って来る。とてもじゃないが、敵《かな》う相手ではない」

「うう……」

しばらく息を潜めていた後、走り出た娘は脳天を割られている文五郎に駆け寄って、

「お父っつぁん……」

見開いたままの目をそっと閉じてやった。そして、長い間、合掌をしてから、

「どうして、お父っつぁんがこんな目に……」

と娘は呟いた。

「奴らは、どうせ公儀の手の者だろうよ」

「ええ、まさか……」

「水戸の家老の子息も、あいつらに成敗されたらしい。家老の方は切腹。そして、おまえの父親は、水戸家の何やら秘密を握っている隠密のひとり……だから、消されたンだろうよ」

内海は、辻斬りの下手人をどうしても捕らえたくて、家老の息子が送られた土浦の宿場外れまで探しに来ていたのだった。

「権力者がやることは、俺にはさっぱり分からねえ。やはり、この一件からは手を引くしかねえんだな。いや、それじゃ、この親父さんは辻斬りに遭ったと同じか」

「……………」

「娘さん。あんた名はなんという」

「な……渚《なぎさ》です」

「そうか。いい名だな。しっかり親父さんを葬ってやればいいぜ。今の二人のことは、俺が必ず暴いてやる」

渚は何も言わず、じっと修行僧が立ち去った方を見つめていたが、やがてゆっくりと斧を握り締めたまま立ち上がった。


その頃――。

神楽坂咲花堂には、またぞろ奇妙な客が訪ねて来ていた。

身分の高そうな侍で、どこぞの家臣であろう。藍色の羽織を品よく着こなし、両刀の備えも立派であった。

「それがし、水戸藩付家老、田端主水《たばたもんど》と申す者。上条綸太郎殿はおられるかな」

出迎えた綸太郎が、自分が当家の主と名乗った。

「綸太郎殿、ご子息の龍雅君《りゅうがぎみ》があなたとの対面を望んでおります」

「なんや？」

ぽかんとなる綸太郎の後ろで、峰吉も同じようにアホみたいに口を開けている。

「ご子息？　若旦那の？」

「はい」

田端は毅然と頷いた。折よくか悪くか、店に来ていた桃路も啞然となって、

「てことは、綸太郎さんの子供ってことですか？」

と聞き返した。田端はまた頷きながら、綸太郎をしみじみと見て、

「そうです。どことなく面立ちが似ております」

「俺の子やて……」

茫然《ぼうぜん》と水戸家からの使いを見やっていた綸太郎だが、どことなく不安げな顔になった。桃路はその表情を見逃さず、

「どういうことよ、若旦那」

「あ、いや……とにかく、二階へ」

田端を誘って二階の座敷に移った綸太郎は、改めて自分の子という男の子の名を尋ねた。龍雅といって、辰《たつ》年生まれであるから龍を使い、綸太郎の父親・雅泉から文字を取ったというのだ。

綸太郎は呟くように口の中で、名を繰り返したものの、

「しかし田端殿……俺は子供を持った覚えがあらしまへん。ましてや、龍雅などという名も聞いたこともないしな」

「そうよ。何かの間違いでしょう」

桃路が口を挟んだ。

「第一、私と一緒になると約束してくれた綸太郎さんが、他に女なんているはずが……しかも子供なんて、そんなバカな話があってたまるもんですか。綸太郎さんは三十をふたつ過ぎたばかりだし、その子は、一体、何歳だってえの」

「八歳になります」

「――八歳……ってことは、八年前……」

峰吉は少し不安な顔になって、虚空を見上げながら指を折って数えた。

「なによ、それ、番頭さん。心当たりでもあるってえの!?」

気がかりで、そわそわしてくる桃路に、田端は困惑ぎみに言った。

「あ、いえ、綸太郎さん。母親の名を言えば、きっとあなたも納得すると思います」

「さよか。で、その名は？」

「京の紙問屋『美濃屋《みの》』のおぎん、といえば……まさか忘れてはおりますまい？」

「あっ！」

思わず声を上げた背中で、峰吉も同じく奇声を発した。

「わ、若旦那……!?」

啞然となる峰吉を尻目に、田端は丁重に大切なものを扱うような態度で、

「龍雅君は、我が水戸家にて、父上のあなたをお待ちになっております。明日とは言わず、今日にでも訪ねて来て下さい。駒込《こまごめ》の方の屋敷です。分かりますね」

と言うと、深々と頭を下げて出て行った。途端、桃路は口を真一文字に結んで睨《にら》みつけていたが、

「ちょいと、若旦那ッ。どういうことよ。しかも、龍雅君だなんて……なによ、君って。そんなに偉いの？　ねえ、若旦那。まさか、今のお侍が言ったこと、よもや本当じゃありませんよねえ」

「いや。そのとおりだ」

「ええ!?　そんなア……」

「おぎんという……その女と関わりがあったのは事実だ」

峰吉もこくりと頷いて、身を乗り出した。

「若旦那、もしも……あの折のお子が生まれていたとしたら、たしかに今年は八歳。男の子ならば、やんちゃな年頃でしょうな」

綸太郎も懐かしそうに遠い目になって、

「あれからもう、そんな歳月が過ぎてしまったということか……」

「なんだよ、綸太郎さん……隠し子がいたって、私に黙っていたの……」

「いや、そうやない。そうやないが……」

口を濁らせる綸太郎に、桃路は急に腹立たしくなったのか、河豚《ふぐ》のように膨れて、その場から立ち去った。階段を踏みならす音が異様に大きかった。

「若旦那……いいんですか、放っておいて」

「三種の神器の在処《ありか》が分かったと思ったら、またぞろ妙な風向きになってきた。ここは峰吉……性根の入れ所かもしれへんな」

暗澹《あんたん》たる思いに、綸太郎は包まれるのであった。

七

水戸家の駒込屋敷を訪ねて来た綸太郎は、離れの道場に招かれた。

そこで、木刀を振っているまだ幼い顔の龍雅の姿があった。相手は、昨日、神楽坂まで来た田端がしてやっていた。

まだ前髪だが、凜とした面立ちは、綸太郎の目にも、おぎんに似ていると感じた。

「やあ。綸太郎殿、来てくれましたか」

田端は汗を拭いながら木刀を壁に掛けると、綸太郎に近づいてきた。

「龍雅君はかように凜々《りり》しくなりました。さあ、こちらへ」

手招きした田端に従って、綸太郎に近づいてきた龍雅は、鋭く見上げてきた。微笑を洩らしていた綸太郎は、その目つきの鋭さに、一瞬、凍りつくほどだった。

——何かあるのか……。

と思ったが、綸太郎は黙ったまま見つめ返していた。

「父上……龍雅にございます」

頷いたものの、綸太郎は黙ったまま、目の前の子供の顔をまじまじと眺めていた。

「なるほど……似ている。おぎんにそっくりだ」

「よく、そう言われます」

「そやろな。しかし、そなたが俺の子だという証でもあるのか？」

初対面の父親にしては冷たい言い草だが、龍雅の方は意に介さず、

「はい。母から授かったものがあります」

と毅然と言った。威風堂々とした態度は、やはりおぎんの血を引いているのであろうかと、綸太郎は思った。

別室で証の品を見せると案内されている間に、綸太郎はおぎんとの出会いを思い出していた。

京の寺町にあった紙問屋『美濃屋』のひとり娘だったおぎんは、貧しい人々に私財を擲《なげう》って施しをするような気丈な女だった。都には、江戸や大坂と同じように、諸国から仕事を求めて来る者が多かったが、思うように生きる糧《かて》を得ることが出来ず、物乞い同然の暮らしをせざるを得なかった人も増えた。

その者たちのために、寺町に並ぶ色々な寺の理解を得て、施薬院のような診療施設や今でいう職安のような働き所を作って、食べることに困った人々のために身を粉にして働いていた。

だが、世の中には悪い者もいて、善意で施しをしている『美濃屋』の主人を、夜中に襲って金を奪ってしまった。主人はそのときに受けた傷で死んでしまい、財産はなくなり、おぎんは身ひとつになって、京を彷徨《さまよ》う立場になってしまった。

きのうまで優雅に暮らしていたのが、地獄に堕ちると、誰も助けてくれなかった。

それゆえ、おぎんは「世間は冷たい」と思うようになり、身投げまで考えた。

その折、出会ったのが綸太郎だった。

まさか、つい一月《ひとつき》程前まで、貧民を救っていた女とは知らず、色々と面倒を見たのだが、その頃のおぎんの思いは、

——父を殺した賊に仇《かたき》討ちをしたい。

ということだった。

綸太郎も一緒に仇討ちをしてやりたいと考えたが、

「仇討ちをしたところで、殺された父は帰ってこない。それよりも、前向きに、人のために生きた方がよいのではないか」

と諭した。そのためならば、どんな力でも貸すと綸太郎は言った。そして、毎日のように一緒に過ごしているうちに、情を交え、深い仲になってしまった。

「これで、ございます……」

龍雅が膝を進めて、刀掛けから鞘ぐるみで小太刀を差し出したとき、綸太郎はハタと我に返った。近くで見ると、大きな黒い瞳がますます、おぎんにそっくりに感じた。

銘を見ると、やはり〟阿蘇の螢丸〟であった。

綸太郎が腰に差しているものと同じである。名刀はただひとつというが、金の小烏丸、銀の小烏丸があるように、双子の刀を打つことがある。それほど刀工の腕が緻密で正確だということだ。

「たしかに……俺が、おぎんに渡した小太刀に間違いはない」

「はい……」

と龍雅が頷くと、傍らで見ていた田端が満足げに頷いて、

「綸太郎殿。これで、得心がいかれましたかな？」

綸太郎はそれには答えず、龍雅を見たまま、

「で、母上は……おぎんは何処にいる」

「母上は……」

寂しそうに俯いた龍雅は、

「半年程前に亡くなりました」

「亡くなった⁉」

「はい。元々は、元気な母上だったのですが、私を産んでから、体が弱くなったらしく……心の臓を患って……」

「…………」

「そのいまわの際に、私は初めて聞かされたのです……神楽坂咲花堂の上条綸太郎さんが、私の父上だと」

「神楽坂……私が江戸に来ていたのを、おぎんは知っていたのか」

「――はい」

間違いない。龍雅は綸太郎の子であることに間違いないという声が、何処かから聞こえたような気がした。

おぎんが子を孕《はら》みながら、綸太郎と別れざるを得なかったのには訳がある。

実は、おぎんは一橋治済が手をつけた御殿女中の娘だったのだ。そのことが御三家や他の御三卿らに知られれば面倒だ。だから、出入りの御用商人のツテを頼って、京の紙問屋の娘にしたのだ。

当然、綸太郎も知る由もなかった。当人もその身分を知ったときには驚いた。

だが、もっと驚いたのは一橋治済の方だった。

たとえ、御殿女中に孕ませた娘だとはいえ、徳川の血脈にあたる女に、上条家の血が混じるとなれば、

——天下を乗っ取られる。

という思いから、治済はすぐさま、おぎんを消しにかかった。だが、それに対して、上条家のみならず、なぜか本阿弥家、御三家などが守りにかかったのだ。

それゆえ、当初は水戸家預かりとなったものの、

「綸太郎殿とは縁を切ってくれ」

というお達しがきたのである。なぜ、御三家がおぎんを守ろうとしたのか。その子も守ろうとしたのか。

それについては、綸太郎にとってもまったくの謎だったが、幸か不幸か、目の前に子供が現れたのだ。いや、綸太郎にはまだ信じられないことだった。おぎんが、あのまま自分の子を産んだかどうかすら、疑っていたのである。

「その後……おぎん様は、実父である治済のもとで暮らしていたのです。もちろん、この龍雅君もね」

「……そういうことでしたか」

「如何でございましょう、綸太郎殿。息子のいることを公にされ、上条家の子にし、

しかるべきときに、あなた自身が公儀目利き役となっては」

「…………」

「それが、おぎん様の願いでもありました」

「まさか……で、おぎんとそこもととの関わりは？」

「は？」

唐突な問いかけに、田端は虚を突かれた目になったが、綸太郎は当然のように、

「先程、剣術の稽古をしている姿を見ましたが、長年の信頼を築いている仲に見えましたから……」

「指南役というほどではありませんが、小さな頃から、私が相手をしておりました。それが一橋治済様の命令でもありました」

一橋治済の名をわざわざ出したのは、綸太郎を牽制するためのものであろう。将軍家斉の実父で、従二位となり、権大納言に転任してからは、隠居をしている。隠居後は六男の斉敦《なりあつ》が継いでいるが、幕政にはいまだ厳然たる影響力を持っているものの、実権を握っている定信とは何かと対立していた。

「あなたの目の前にいる龍雅君は……あなたの子でありながら、上様の甥御様にあたるのです。岳父の治済公も、あのとき、おぎんを亡き者にしなくてよかったと、本気

でそう思っておるのです」

「…………」

「どうですかな？　上条家が本阿弥宗家を乗り越えて、公儀刀剣目利き所を束ねる好機だと思いますが」

「折角だが、権威や権力には何の興味もありまへんな」

「これは異な事を。上条家とて立派な権威があります。だからこそ、差し紙などの鑑定書の値打ちがあるのではありませぬか？」

「それは上条家の目利きが確かなだけで、徳川家や幕府の威光を頼ろうとは思いまへん」

「なるほど……噂通り、徳川家にはよほどの怨みがあるようですな」

「怨み？」

「ですから、三種の神器も取り戻そうとしている」

どうして、そのことを知っているのかと綸太郎は怪訝に見やったが、定信が三つとも手に入れたことは、御三家、御三卿ともにみな知っていることだろう、と思い直した。

「お誘いを断って恐縮やが、これからも俺は町場の骨董商として、生きるつもりどす」

「ならば、どうして、三種の神器に拘《こだわ》るので？」

「上条家のことと申したはずやが？」

鋭く目を向けた綸太郎に、田端はギクリと身を引いた。何か綸太郎に取り憑いてでもいるような目だった。

「…………」

「龍雅、父子水入らずで、飯でも食わぬか。父の住む神楽坂には、それこそ美味い店がたんとあるよってな」

「嫌です、父上」

と龍雅は綸太郎の手をぎゅっと握り締めて、

「私は嫌なのです。かような所に埋もれて暮らすのが、もう嫌になったのです」

「埋もれて暮らす？」

「はい。毎日の勉学は好きです。剣術も好きです。でも、叔父が将軍でありながら、このままでは私は一橋家を継げず、大名にもなれず、埋もれて生きていくだけではありませんか」

八歳の子供が言うせりふではなかった。

「ですが、父上。あなたの……上条家の三種の神器があれば、私とて天下を取れるのではありませぬか？　将軍になれるのではありませぬか？　私は偉くなりたいのです」

綸太郎はその言葉を受けて、じっと龍雅を見つめた。だが、龍雅は父の視線を意識しながらも、思わず目を逸らしてしまった。

「そうか……ならば、偉くなればよい。俺には何の力もないがな」

突き放すように言った綸太郎は、龍雅を見つめたまま言って、今日のところは帰ると屋敷を後にした。

――どうして、もっと優しく接してやれなかったか。

と思わぬわけではなかった。

だが、綸太郎には、どうも釈然としないことばかりだったから、つい冷たくあしらったのである。その方が、相手の本音も分かろうというものだった。現に、綸太郎があっさりと引き下がったときの田端の目つきは、実に不満げなものだった。

無言で歩き出したとき、門前に墨染めの法衣を着た修行僧ふたりが現れて、綸太郎を胡散《うさん》臭そうに見やった。土浦宿の外れで、綾瀬文五郎を殺した奴らである。もちろん、綸太郎はまだ知らぬ。

水戸家の屋敷の門内に入っていくのを見送った綸太郎は、今ひとり、路地から燃えるような目で屋敷を見ている娘がいるのに気づいた。

渚である。

「………」

相手も綸太郎の視線に気づいて、思わず顔をそむけると、逃げるように立ち去った。

不思議に思って追おうとすると、今度は、内海が険しい顔で現れた。

「よう、内海さん。あんた、何処に行っていたのだ？　近頃、姿を見せなかったが」

「なるほどねえ……」

「ん？」

「水戸様が雇い主とは、お釈迦様でも分かるまい」

「何の話だ」

「あんたも……やはり、そっち側の人だったということだ。悪いがな、金輪際俺とはつき合わないで貰おう。できれば……できれば、桃路も、あんたにゃ渡さねえよ」

威嚇《いかく》するように強い口調で言うと、内海は後ずさりするように、渚が駆け去った方へ足早に駆け出した。

「…………」

ふと見やった彼方に、江戸城の幾つもの櫓《やぐら》が見えた。風に吹かれて、黒い雲が重なるように江戸城を覆っていた。

八

雁之間を訪れた松平定信は、太田資愛《おおたすけよし》に声をかけた。ここには、帝鑑之間とともに、徳川譜代のうちでも古参の名門の出が詰めている。中でも、〝実働部隊〟が詰めているのが、雁之間だった。

太田資愛は掛川《かけがわ》藩五万石の当主で、太田道灌《どうかん》の直系子孫である。先祖の資宗《すけむね》は家康の側に仕えてから、代々、奏者番や寺社奉行、大坂城代、若年寄などを歴任していたが、老中に昇進した者はひとりもいない。

だが、資愛は将軍家斉の引き合いもあって、勝手掛若年寄、京都所司代を務めて後、五十五歳で老中に就任した。むろん、定信もその実力を認めてのことだが、老中になったのは、つい先年のこと。

——自分を監視するために、治済が後ろで糸を引いたか。

と定信は感じていた。

「太田殿……」

閣議の間はろくに話もせぬのに、何の前触れもなく訪ねて来られて、太田は少し戸惑っていた。ただならぬ顔つきであると察して、

「なんでございますかな？」

と応じたものの、迷惑な顔をした。元々、あまり気が合わないのだが、太田の方が年の功で、何事も穏便に処理していたのである。

「実は、太田殿……まこと何ともはや面妖な話がござってな」

「は？」

「貴殿は、あの上条綸太郎に、子供がいたのを知っておられたか」

「上条……」

「咲花堂……上条雅泉の子でござる。貴殿と雅泉とは、京都所司代の折、昵懇《じっこん》だと聞き及んでおりますが？　茶の湯や香道などを通じて、色々と親しく交わったとか」

太田はそれに答えず、綸太郎に子がいたことは知らぬと言った。

「まこと？」

疑り深い目を向ける定信に、太田は首を振って、

「初耳にございます。身共が知る限り、綸太郎殿に女がいたとも知りませぬ」

「私もそう思っておりました。ところが……龍雅という、八歳になる子がおったのです。しかも、相手の女というのが……一橋治済様が外に産ませた娘」

「ええ？　それは本当ですか」

「つまりは、上様の甥御にあたるゆえ、上様に面会を申し出てきております」

「治済様を通じてですか」

「いや。治済様は隠居した身ゆえ……しかし、継いだ斉敦様といえども、さようなことは面白くありますまい」

「では、後見人が……」

「上条綸太郎となっております」

定信は探るような顔で、話し続けた。

「何故、上条綸太郎がしゃしゃり出てきたかでござる……太田殿ならば、綸太郎とも忌憚《きたん》のない話ができるだろうから、一度、探りを入れて貰えまいか」

「私はそのような……」

遠回しに断ったが、定信は頑として譲らなかった。

「そこを何とかお頼み申す。太田殿と上様は、これまた特別な仲でございましょう。

ふたりの繋ぎ役には丁度よいと思いましてな」

「いや、しかし……」

「まずは、その龍雅なる子が、本当に綸太郎の子かどうか……もし、本当であるならば、家斉公に近づかせるのは、いささか危険と存ずる」

「何故に？　もしや、肉親に会いたいだけかもしれませぬ」

「そのためだけに、綸太郎が後見人になるとは思えませぬ。他に何か目論見《もくろみ》があるはず。貴殿と上条家の関わりはともかく、不穏な動きがあれば、事は上様の身に関わること。老中として、篤と探索なされよ」

言葉遣いこそ静かだが、老中首座が末席老中に命じているに他ならない。太田は言われるままに従うしかなかった。


その夜——。

常盤《ときわ》橋門内の掛川藩上屋敷で、太田は用人の神部十三郎《かんべじゅうざぶろう》に事の次第を話していた。神部は代々、太田家に仕える重臣の家系で、〝影の十三郎〟と呼ばれるほど、根回しや裏の始末をするのが上手かった。それゆえ、今般の徳川幕府内に広がっている不穏な空気をいち早く察知していた。

「……では、十三郎。おまえは、この件には、綸太郎殿は関わってないと申すか」

「はい。上様は子沢山ゆえ、治済公の外孫を将軍の座に就けるというのは、無理があります。あるとすれば……」

「すれば？」

「定信様自身ではありますまいか？」

「老中首座が……」

「治済公の流れを汲む者を担いで、将軍にすると見せかけておいて、三種の神器を盾にして、自らが横滑りして座らんとも限りませぬ」

「ということは、綸太郎殿は……」

「三種の神器は元はといえば、上条家が天下を治めるに相応しい武家を後見するために、天より与えられたもの。にも拘わらず、横取りしたのは徳川家です」

「うむ……」

「ならば、綸太郎殿を敵役にするには、定信様にとって丁度よい存在ではありませぬか。しかも、治済公と血縁があるとなれば、いかようにでも、理由をつけられると思います」

「問題は……その子が、本当に綸太郎殿の子かどうか、治済公の娘の子かどうか……ということだ。定信様はそれを探れと、この私に命じた」

「いずれにせよ、水戸様がそのような子を将軍にしようと担ぎ出すわけがありません。真意を探ることに、やぶさかではありませぬが……」

「乗らぬか」

「定信様の罠がどこかにある……そのような気がいたします」

太田は十三郎の意見を聞きながら、尚更、調べてみねばなるまいと思った。


その翌日——。

松平定信の屋敷の表に、龍雅と田端がふたりで立っていた。

「ここを通さぬとはなにごとだ！　余は上様の甥である！　定信様とも同じ一門ぞ！」

と龍雅はしっかりとした口調で言った。

だが、門番は頑なに、今日は誰が訪ねて来ても入れてはならぬと、定信から念を押されていると断った。

「構わぬ。ならば、中で待たせて貰おう」

龍雅が開いている潜《くぐ》り戸から、強引に中に入ろうとすると、門番が六尺棒で突き返した。途端、田端が烈火の如く、

「無礼者！　何をするか！」

怒鳴った次の瞬間には、門番の首が刎《は》ねられていた。鞠《まり》のように飛んだ首は、ひらりと跳ねて、長屋門を越えて屋敷内に落ちた。

門内にいた家臣や中間たちが驚愕で叫ぶ声がした。

だが、すぐに家臣たちが次々と飛び出して来て、一斉に抜刀して田端に刃を向けた。

田端は腕に覚えがある。たとえ十人が相手でも、薙《な》ぎ倒してしまうであろう。その気迫が漲《みなぎ》っているから、誰も一歩を踏み込んでは来ない。

だが……ゆらり出て来たのは、半兵衛であった。

「貴様。水戸家の田端主水だな」

「おまえは……」

「名乗るまでもなかろう。定信様は登城中だ。理由はどうであれ、我が家臣の首を刎ねたるは、戦《いくさ》を仕掛けたも同然。覚悟はできているのであろうな」

「元より」

「ならば、早々に帰って言うがよい。もはや、天下は我らの手にある。家斉公は人質も同然」

「……なんと」

「上様を殺したくなければ、余計なことを考えず、大人しく従えと伝えろ。上様のみならず、そのお子たちもみな千代田の城から出す算段は出来ている。そう心得よとな」

自信満々に言う半兵衛だが、田端も一歩も引けを取らず、

「ならば、ここで決着をつけるか、ましらの半兵衛」

「知っておるではないか」

半兵衛が刀を抜こうとしたときである。田端が指笛を吹くと、何処に潜んでいたのか、修行僧のふたり、風神、雷神が現れた。

「!?──」

「忍びは忍び同士、その腕を競い合うがよい」

田端が龍雅の手を引いて、後ずさるのと同時、半兵衛に鎖鎌が飛来した。一寸で見切って、飛びすさり、激しく十方手裏剣を打ちつけた。風神、雷神もその手裏剣を忍び刀で打ち落とした次の瞬間、ひらりと舞い飛んで、棒手裏剣を返した。

半兵衛がそれを避けると、風神、雷神は激しく刀を振りながら、円を描くように相手の周りを廻った。

「ふむ……」

凝視している半兵衛の目には、手に取るように動きが分かった。

――土埃を舞い上がらせ、一瞬、目を閉じた間に……。

二手に分かれて攻めてくる。そう読んだ半兵衛は、すぐさま円を切るように横走りをして、そのまま掘割に飛び込んだ。いや、水の上を跳ねるように対岸に跳ね上がったのだ。

風神、雷神もその動きが分かっていたかのように、一瞬、頷き合ってお互いの体をぶつけ合うようにして跳躍した。次の瞬間、風神の肩の上に雷神が飛び上がり、ひらりとむささびのように体を開いて飛び、半兵衛に向かって錫杖を投げつけた。

一直線に半兵衛の胸に向かった錫杖は、横合いから飛来した矢によって、わずかにねらい所が外れた。半兵衛はすぐさま体勢を取り直して、身構えた。

風神、雷神も着して、掘割を挟んで対峙したときである。

定信の屋敷を含む、あたりの武家屋敷、さらには江戸城中から、番方がずらりと現れた。総勢三百人は下るまい。大通りには、登城や下城の大名行列を見る茶店なども点在していたが、町人たちは異様な光景に我先にと逃げ出した。

「なんだ、なんだ、戦でも起こるのか」

た。


「巻き込まれたら死ぬぞ」

「危ねえから、逃げろ、逃げろ！」

たまさか出くわした町人は慌てて路地に飛び込み、少しでも遠くに離れようとした。

半兵衛が手を上げると、公儀の番方や江戸城九十九門の番兵を務めている伊賀者らが、ドッと滝のような勢いで、風神と雷神に襲いかかった。

――敵《かな》わぬ。

と思ったのであろう。

風神と雷神は爆薬を投げつけると、ドカンドカンと激しい音を立てて、一瞬のうちに黒い煙が広がった。まるで烏賊《いか》が吐いた墨のように目眩《めくら》ましとなって、辺りは宵闇のようになった。しかも、妙な臭いがする。

「しまった……毒だ……毒煙だ……」

半兵衛はすぐさま「引け」の合図を送ったが、それが見えるわけもなく、悲鳴が飛び交って口笛も聞こえず、混沌《こんとん》とした中で江戸城の山下御門の前は、乱れに乱れていた。

それを――。

定信は富士見櫓《やぐら》から高みの見物をしていた。

「むふふ……絶景かな絶景かな……もっと乱れるがよい。そして、誰もが酔い、どんどん死者を増やせ……ふはは、ははは！」

不気味に高らかに笑う定信は、もはや、まっとうな魂のある人間の顔ではなかった。まさに鬼人であった。

黒い闇はさらに広がった——。

# 第四話　花や咲く

一

水戸藩下屋敷の表は、塀を取り囲むように数十人の番士が並んでいた。その異様な光景に、町行く人々は遠回りをせざるを得なかった。

その様子を見ていた内海弦三郎は、苦々しい思いであった。

幕府と水戸藩に何があったかは、内海にとってはどうでもよいことである。ただ、水戸藩家老の息子が辻斬りをし、その始末すら、法を守るべき幕府はつけず、水戸藩も知らぬ存ぜぬを通した上に、事件を霧の中に消そうとしている。

家老の息子とやらを、一体、誰が消したか——ということも、実は町奉行にも不明のままであった。定信が手を回して、「その刀」を得たいがために密殺したかもしれぬし、水戸藩が恥を晒《さら》さないために、自ら始末したとも考えられる。事実、家老は切腹している。

だが、そんなお上の事情なんぞ、どうでもよかった。内海はただただ、自分の知り合いも含めて、辻斬りに遭《あ》って死んだ者たちが哀れで仕方がなかったのだ。何の罪もない人間が、突如、〝乱心〟によって殺された。それでは、あんまりではないか。

事実をはっきりとさせ、被害に遭った者の親兄弟にきちんと謝らせ、弁償をする。それが、人の道として当たり前のことではないか。それすらできない幕府や御三家なんぞ、犬に食われてしまえ。内海の心の中は怒りで燃えていた。

とはいえ、警戒がさらに厳しくなった上に、まるで戦《いくさ》でもする構えを目の当《ま》たりにして、内海はたじろがざるを得なかった。しかし、ここで引いては、結局、自分も同じ穴のムジナとなってしまう。

「義を見てせざるは勇なきなり」

内海が腰の刀をぐいと押さえて、門前に向かおうとしたとき、人の群れの中から、ひとりの娘が飛び出してきて、ひらりと身をかわすと屋敷の裏手の方へ素早く走った。

「——渚……？」

思わず駆け出して、内海は娘の後を追いかけた。

向こうから来た番士ふたりに近づくなり、渚は何をしたのか目にも留まらぬ速さで相手を打ち倒し、そのまま猿《ましら》のように塀を乗り越えて、屋敷の中に飛び込んだ。

「お、おい！」

駆け寄って声をかけたが、渚の姿はすでに塀の中だった。

折しも、別の番士が数名、駆けつけて来て、

「貴様ッ。何をしておる！」

あっという間に槍を内海に突きつけた。内海の目の前には、二人の番士が倒れているので、逃がさぬとばかりに厳しく誰何《すいか》された。町方同心であることは、黒羽織や十手《じって》を見て分かるはずだが、御三家にしてみれば、犬猫も同然であろう。

「何をした！　こっちへ来い！」

と手を摑《つか》まれそうになったので、内海は強く跳《は》ね返して、

「俺ではないッ。怪しい奴が来たから、様子を見に来たまで」

とっさに言い訳をしたが、番士の中のひとりが、

「あ……こいつは、しつこく訪ねて来ていた町方だ。辻斬りのことで……」

そう言われて、内海は思わず逃げ腰になった。槍の穂先がさらに喉元に突き刺さりそうになったからである。

「とにかく、連れて行け」

番士が乱暴に内海を捕らえようとした。だが、あえて逆らわなかった。ここで大騒ぎにして、町奉行所を巻き込むことも考えられたが、

——屋敷に入れる。

と思ったからだ。中にさえ入れば、辻斬りについて直談判できるかもしれないし、今入った渚の狙いも分かるであろうと踏んだのだ。

潜《くぐ》り戸から押し入れられた内海は、すでに伝令が伝えていたのであろう、田端が玄関先に待ち伏せていた。

「何故《なにゆえ》に、屋敷を探っている」

田端の問いかけに、内海はすぐさま、

「辻斬りについて、折り入って話を聞きたい。そのことにつき、判断のできる人を出してくれませぬか」

「何の話だ」

「ですから、辻斬りについて……」

「辻斬り？　おまえは何の話をしているのだと聞いておる」

ギロリと睨《にら》みつけた田端の顔は夜叉《やしゃ》のように歪《ゆが》み、ただならぬものが漂っていた。さしもの内海もぞっと背中が凍ったが、ここで怯《ひる》んでは意味がない。

「知らないのなら教えてやろう」

内海は田端を見据えて、

「水戸藩の家老の息子が、事もあろうに町場に出て辻斬りをしていた。だが、いつの間にか揉み消された。いや、家老もその息子も処分されたようだな」

「…………」

「この屋敷に出入りしている僧侶姿の手練れが、家老の息子を匿《かくま》っていた忍びを殺し、すべてを拭おうとしたようだが……それで済む話ではあるまい」

「どう済まぬのだ」

冷ややかな目の田端は、少しでも動けばこのまま斬るというように身構えていた。

「──斬る、というのか」

「さあな。おまえ次第というところか」

「俺次第……？」

「このまま大人しく帰れば、それでよし。どうせ、町奉行もその一件については調べるなと言うておろう」

「…………」

「つまらぬことに首を突っ込んで、命を落としたくないなら、このまま立ち去れ」

ギラリ睨み返した内海は、俄《にわか》に伝法な口調になって、

「おい。今、つまらぬことだとぬかしやがったな」

「そうではないか」

「べらんめえ！　てめえら、人の命をなんだと思ってやがんだッ。こっちだって、少々のことなら目をつむるが、黙って見過ごすわけにはいかねえんだよ」

十手を突き出した内海に、田端は唾《つば》を吐き出すように、

「おまえはバカか？　武家屋敷に、しかも御三家の屋敷の中で、そのような鉛の十手が通用すると思うてか……やむを得ぬな」

おもむろに刀を抜いた田端は、まるで閻魔《えんま》大王にでもなったかのように人を見下ろし、するどく打ち込んできた。見切って飛び退《すさ》った内海も伊達《だて》に新陰《しんかげ》流の免許をとっていない。自分がどうなろうと、不正を糺《ただ》すためならば、

——死んでもよい。

そういう気心になっていた。

「どうせ、奉行所でも嫌われ者だったんだ。どの渡世でも、切れ者は面倒がられるらしい。……むふふ」

青眼《せいがん》に構えた内海は、相手が出てくるのを見計らって、胸を突き抜こうと思った。少し低く腰を落とした。

そのとき、ザザッと砂利を踏みつける足音がした。振り返ると、そこには風神、雷神が立っていた。

「！……」

このふたりの腕前は、目の当たりにしている。対峙《たいじ》している田端の腕も相当なものだ。このままでは無駄死にするやもしれぬ。だが、もう後には引けなかった。

「俺が帰らなければ、岡っ引がお奉行に報せることになっている……いや、それだけじゃねえ。神楽坂咲花堂の上条綸太郎も、それと繋がりのある松平定信様も動くであろう」

ハッタリだった。だが、この見栄は無意味なものであることを、内海が気づくはずもなかった。田端はにんまりと苦笑して、

「そうか、松平定信様もな……」

不気味な顔つきに、内海はたじろいだ。

「その松平定信様と水戸家は今、戦に突入したところだ」

「!?――」

「しかも、松平定信様の方が……野望に満ちた男で、御三家を潰そうとしている。そのようなことはさせぬが、おまえのような虫けらにうろちょろされては迷惑千万」

「虫けらだと……」

「政事の異変の折、辻斬りがどうだこうだなんてことは、取るに足らぬこと」

「………」

「死ぬがよい」

風神、雷神が鎖鎌を投げようと身構えた途端、ヒュンと空を切る音と同時、手裏剣が飛来して、風神、雷神の足下に数本突き立った。だが、不動明王のように微動だにせず、風神、雷神が振り向くと、長屋門の上に、渚が凛然《りんぜん》と現れた。

——やはり、渚だったか。

内海が確認するまでもなく、田端もよく承知していたとみえ、

「渚か……おまえの命までは取るまいと思うていたが、親父の仇討ちでもする気か」

ひらりと飛び降りた渚は身構えながら、

「どこまで、私たちを利用すれば気が済むのだ」

「………」

「私たち父子は、伊賀者ではない。どうして巻き込むのだ。お父っつぁんにしても、田舎で余生を楽しんでいただけだ」

「それができぬのが草の者……まあよい。飛んで火にいるなんとやらだ。覚悟せい」

田端はそう言うと同時、内海に斬り込んだ。次の瞬間、風神、雷神は渚に躍りかかった。いずれも物凄い勢いで、必死の形相《ぎょうそう》だった。

だが、内海も渚もふたりとも意外に手強い。手間取っていることに、田端は苛立った。

その心の隙を狙ったように、内海が素早く相手の懐に飛び込み、胸を突き抜いたかに見えたが、まるで幽霊のようにするりと消えてしまった。

たたらを踏んで前に倒れそうになったところで、背後から一刀が振り下ろされた。ガツンと肩に冷たいものが食い込んだ気がした。やがて、それはカッと熱くなって、全身に広がった。

内海の肩から、真っ赤な血がどくどくと流れていた。ぐらり膝が崩れそうになったが、懸命に踏ん張った。

アッと驚いて見た渚が、内海を庇《かば》うようにひらりと飛び込んできた。そして、小太刀を構えたとき、内海はそれを押しのけて、逆に渚を守りながら、

「逃げろ……こんな化け物を相手にしておれば、命が幾つあっても足りぬ……逃げろ……早く、逃げろ……」

懸命に立ち上がって刀を構えた内海だが、半分は意識がなさそうであった。その内海を田端は情け無用に斬ろうとした。

そのときである。

「姉ちゃん！」

と声がかかった。

玄関の奥から飛び出して来たのは、龍雅であった。

だが、渚が呼んだ名は、

「鉄平《てっぺい》……無事だったか……もう、こんな真似はよせ。一緒に帰ろう、鉄平……」

そう言いながら歩み寄ろうとしたところへ、田端は斬りかかろうとした。それを懸命に弾き返した内海の刀が、バキンと叩き折られた。

「よせ、田端！　それ以上、無体なことをすれば、私が許さぬぞ！」

「…………」

「風神、雷神もじゃ！　刀を引けい！」

幼子ながら、まるで将軍のような物言いに、田端たちは仕方がないというふうに刀を引いていた。そんな様子を見て、渚は驚いていたが、内海も朦朧《もうろう》とした意識の中で、

「なんだ……これは、なんだ……!?」

と呟《つぶや》きながら、その場に崩れ倒れた。

二

内海がうっすらと目を開いたとき、外道《げどう》では腕がよいと評判の町医者・雪庵《せつあん》がおり、その横には、綸太郎と桃路が座っていた。

「分かるか、内海の旦那」

綸太郎が声をかけると、内海はまったく声が出ない様子だった。こちらが話しかけていることは分かっているようだが、答えようにも口が廻らず、手足も動かない。

「岡っ引の捨蔵が報せに来なければ、あるいは今頃は……」

死んでいたかもしれないという言葉は飲み込んだ。大怪我をした内海は、小舟に乗せられて、隅田川に流されていたのだ。

「傷は浅い。雪庵先生がきちんと傷の手当てをしてくれた」

励ます綸太郎の後押しをするように、桃路も声をかけた。

「そうよ。きっとよくなるから、頑張ってね」

何か答えたようだが、やはり声にはならない。ただ、辻斬りのことが気になっている様子は手に取るように分かった。

「辻斬りのことなら、綸太郎さんがお奉行とかけあって、きちんとやってくれる。本当だよ。だから、旦那は心配しないで」

「う、う……」

「ああ。きちんと水戸藩家老の息子がやったことやと高札で報せ、瓦版も世間に広めるはずや。そうすれば、水戸藩から金も出る。殺された者たちも幾ばくかは浮かばれるやろ」

「…………」

目を閉じて、内海は悔しそうに歯を食いしばった。そのまま、また昏睡《こんすい》に陥《おちい》った。

「――後は、内海さんが、生きたいという気力にかかっている」

「のようやな」

「それよりも……」

と隣の部屋を振り返った桃路が、布団に寝かされたままの娘を見て、

「一体、何者なんでしょうねえ。内海の旦那と一緒の舟に乗せられていたけれど、頭を打っていて、やはり……」

娘は渚で、眠ったままである。

「分からぬ。ただ、此度の一連の一件と関わりがあることは、間違いあるまい」

そのとき、渚の口がわずかに動いた。

「――鉄平……土浦に……桜川に帰ろう……鉄平……龍雅なんて……そんなことは、やめて帰ろう……」

ハッと見た綸太郎だが、渚はそのまま寝入ってしまった。

「今、たしかに龍雅と言ったような気がしたが……」

「ええ。たしかに、そう……」

綸太郎と桃路は目を見合わせて、不思議な縁を感じていた。


その夜――。

玉八は水戸藩邸内の植え込みに潜んでいた。桃路の子分のようになって、幇間になる前は、渡世人気取りで悪さ三昧《ざんまい》。殺し以外の大抵のことはやっており、こそ泥の真似事も得意だった。

辺りを見廻して、ツツッと進むと人の気配に、また身を潜めた。

すると、裏庭の塀を乗り越えて、数人の黒装束が侵入して来たのが見えた。いずれも素早い動きで、かなりの強者《つわもの》に見える。玉八は見つかったら殺されると思い、息を潜めているのがやっとだった。

茫然と見守っている前で、黒装束たちは巧みに母屋の雨戸を外し、音もなく屋内に入って行った。

「！……」

外には番士がいるはずなのに、これだけの人数でよく入って来たな……と思いつつも、

「ま、俺だって入れたしな」

と後をついていくように、様子を窺っていた。

奥の間では、龍雅がひとりで眠っていた。

すると足下の襖が、やはり音もなく開き、黒装束たちが押し入ってきた。

「？……ん」

気配に目を開けた龍雅が思わず身を起こそうとすると、その脇腹に当て身を決められ、そのまま気を失った。黒装束たちは龍雅を担ぎ上げて、素早く逃げ出した。

床下で様子を窺っていた玉八が追いかけようとすると、無人になった部屋に、ぶらりと人影が入ってきた。

それは——田端であった。

「ふ……ふふふ……」

にんまりと笑う田端の姿を見て、玉八は口の中で呟いた。

「どういうことだ……何を笑ってやがる……」

玉八はそっと後ずさりして、黒装束の方を追った。

翌未明――。

咲花堂の綸太郎の前に、切迫した顔の玉八が座っていた。

「なんやて、それは本当か？」

玉八はごくりと息を飲み込んで、

「ああ。若旦那の隠し子……じゃねえけど、その龍雅って子が妙な連中に攫《さら》われて、そいでもって連れてかれたのは、常盤橋門内の掛川藩邸……つまり、老中の太田資愛様のお屋敷だったんだ」

「太田様……うちの親父とは、京都所司代の折に随分と……」

「その太田様のお屋敷に龍雅は、閉じこめられてるってわけで」

と言いながら腕組みで唸った。

「！……」

「まさか、太田様は、龍雅を殺すつもり？」

「そんなことはないだろう。俺の子かどうか分からない子を殺したところで、何になる。太田様は慈悲深い御仁だ。老中の座に就いたのも、定信様を見張るためだとも聞いたことがある。太田様の気質は、そのことは俺もよく知っているつもりだ」

「だったら、どうして若旦那の方に接して来ないんで？」

「……………」

「それと、もうひとつ妙なことが……」

「ん？」

「もっと分からないのが、水戸藩用人の田端ってやろうです。あいつ、若旦那に龍雅のことで訪ねて来たんでしょ？　そいつ、龍雅がさらわれたのに、まったく動じてなかった」

「なんやて？　わざと襲わせたとでも？」

「あの警戒の中で、あんな大勢が乗りこんで来るのもおかしなことで……ああ、俺だって随分、苦労したんだから」

綸太郎は傍らで聞いていた峰吉と思わず顔を見合わせた。

「若旦那……もう、つまらぬことに関わり合わずに、さっさと京へ帰りまひょ」

「そうやな……なんとのう、胡散《うさん》臭うなってきたしな」

そう言っただけで、綸太郎の胸の奥に秘めたる思いはひとつである。〝三種の神器〟

を取り戻すこと。でなければ、たちどころに世の中の歯車がおかしくなってしまう。その思いだけであった。

一方——。

太田の屋敷に軟禁された龍雅は、豪勢な夜具の中で、すやすやと眠っていた。障子窓から漏れる月明かりのせいで目ざめたのか、跳ね起きると辺りを見廻しハッとなった。すぐ傍らに、太田自身が座禅でも組むようにいた。

「だ、誰だ、おまえは！」

「龍雅君ですな。私は、老中太田資愛でござる」

と丁寧に頭を下げた。

「老中……だと？　ここは、何処だ」

「…………」

「田端はどこだ。田端を呼べい！」

「大声を出しても無駄でございます。ここは私の屋敷なれば」

「！……」

「龍雅君。私の問いにお答え願えれば、このまま無事にお帰しいたしましょう」

「無事に？」

「はい。あなたは上条綸太郎のお子で、一橋治済様の孫であると言っておられる。あ、いやいや、私はそれを疑っているわけではおりませぬぞ。私が訊きたいのは……」

「訊きたいのは？」

「関わり？」

「あなたを担いでいる者と、上条綸太郎との関わりでございます」

「お話しいただくわけには参りませぬか？」

龍雅の目には、拒絶する色が走った。

「知らぬ。話すことなどない！　老中であろうと、黙って私を帰さぬと、只では済まぬぞよ。あくまでも公儀は、水戸家と事を構えるつもりか！」

太田はあくまでも丁重に、

「いいえ。私はそのようなつもりはありませぬ。しかし、あなたのお答え次第では、天下動乱となりましょう。ゆっくりとお考え下さい」

と立ち上がって部屋から出て行った。

弾けるように立ち上がった龍雅は、後を追って飛び出そうとするが、太田が出て行ったはずの障子を開けると、そこは白壁があるだけであった。月明かりも贋物だったのだ。

「⁉——」

他の襖を開けても、壁が迫るように立ちはだかっているだけだった。完全に閉じこめられていたのである。

「おのれ……」

龍雅は立ち竦んで歯噛みした。到底、八歳の子には思えぬ阿修羅《あしゅら》の如き顔だった。

三

雪庵の療養所の寝床から身を起こした渚は、桃路に付き添われてお粥《かゆ》を食べるほど回復していた。だが、心はどこか遠いところにあるようだった。

隣室では、相変わらず内海が眠ったままであった。ふと見やる渚の目が寂しそうに揺れたが、それでも何も語らなかった。

「これくらい食欲が出れば、もう大丈夫……もう歩けるんじゃない？」

「え、ええ……ありがとうございます。着物から食べ物から何もかも……」

「私のだから、ちょっと年増っぽいけど我慢してね。それよりも、あなたは強く頭を打っていたみたいだけれど、大丈夫？」

「はい……」

「ところで、渚さん」

名を呼ばれたことが不思議そうだった。

「ここに担ぎ込まれたとき、内海の旦那がそう呼んでたのよ。何か恐い目に遭ったんだねえ。内海さん、あなたのことを必死で守ろうとしていた」

「……………」

「どうして、水戸藩の下屋敷に忍び込んで、内海様は斬られ、あなたも殺されそうな羽目に陥ったのか、話してくれない？」

桃路の問いかけに、渚は硬直するばかりであった。

「あなたは、譫言《うわごと》のように、鉄平という名前を呼んでいた。それが、龍雅ということも……ねえ、どういうことなの？」

「……………」

「一緒に土浦に帰ろう、桜川に戻ろう、そう繰り返してた」

「――分かりません」

「ええ？」

「鉄平なんていう子には、会ったこともありません。知りません」

頑ななまでに拒絶する様子を見て、桃路はもっと深い何かがあると察したが、それが何かまでは分からなかった。

同じ日の夜になって――。

太田資愛の屋敷を綸太郎が訪ねていた。

「いずれ来るとは思うてました」

と意味深長な言葉の太田を、綸太郎は鋭く見つめて、

「土浦……桜川……」

それだけ投げつけるように言った。

「なんでしょうや」

「まこと、何の思い当たる節がないのですかな？」

「ありませぬな」

「ならば……龍雅に聞くしかありますまい」

「龍雅？」

「あなたが捕らえた、私の子……と思われる子供どす。まだ八歳。この屋敷にひとり捕らえられて、さぞや寂しい思いをしてるのやろうと」

「ほう……」

「龍雅を担いで、お世継ぎ争いを起こそうとするのは誰か……それが龍雅をさらった太田様の考えであるのどすか？」

「…………」

微かな動揺があったものの、すぐに平然とした顔になって、

「綸太郎殿……お父上と少し似て来たようですな。ズケズケとものを言うところが」

「ですか……」

「はい。たしかに、この太田、上様直々の命で、京都所司代から老中の職に就いてから、お世継ぎのみならず、権力を握る者の動向には目を光らせております。されど、この世の中にいない者までも、さらうことはできますまい」

「……というと？」

「私は、あなたの父上とも親しくさせて貰っていたが、綸太郎殿にお子がいるとは知りませんでした。それが、しかも上様の甥にあたる……綸太郎殿は、それを隠していたのですかな？」

「まさか」

「〝三種の神器〟を打ち揃えた後は、上様の甥を担ぎ出して、自らの子を将軍に据え

ようという魂胆ですかな？」

「あなたは本気でそんなことを言っておられるのですか？」

論太郎は毅然《きぜん》と太田を見据え、

「そのような疑いがあればこそ……直に龍雅に会わねばなりまへんな」

と言った。だが、太田も負けじと睨み返して、

「私がその龍雅とやらを攫ったと、一体、誰から聞いたのですかな？」

「さあ、誰でっしゃろ」

「……言わぬとおっしゃるなら、お引き取り願いたい。根も葉もないことで、この老中を疑われては、迷惑千万」

ぶつかりあう視線の中に、激しく火花が散るが、論太郎は仕方がないという顔で立ち上がった。そして、ゆっくりと、

「念を押しておきますが、万が一、我が子に何かあれば……たとえ、あなたでも〝阿蘇の螢丸〟にモノを言わせまひょ」

後も見ずに、論太郎は出て行った。

すぐに、神部十三郎が入って来て、太田の前に控えた。

「どう思う」

「あの綸太郎殿も、殿と同じく、事の真相を摑みかねていると見ました」

「うむ……まさに藪《やぶ》の中……」

「はい……」

「なれど、龍雅という子を、この手元に置いておくことは、定信殿を制する切り札になるやもしれぬ。それに、ここにいるのが、あの子にとっても、一番、安心だとは思わぬか？」

　太田は慈悲深い表情に戻った。

　一方――。

　屋敷の表に出た綸太郎は、長屋門を振り返って仰いでいたが、

「何故、隠しているのか……分からぬ……」

　と太田の心情を測りかねていた。

　そこへ、玉八が駆け寄って来た。また新たな何かを摑んできたような顔だ。

「そのとおりだよ。あの風神、雷神が、松平定信様の屋敷に行ったんだ」

「風神、雷神……」

「内海の旦那が闘った、ほら……ありゃ忍び崩れの殺し屋だね」

　虚無僧姿でお経を読んでたら、門が開いて中へ入って行ったという。そして、その

ままずっと出てこなかった。

「松平定信様……」

「うん。変だよね。奴らは水戸家の忍びなのに、そっちへもこっそり会いに行くなんて、どうも分かんねえ」

「そもそも何者なのだ、そいつらは」

「そこまで分かんねえよ。ただ、水戸の田端の手下だから、そいつも何か……裏がありそうでやすね」

「太田様に定信様……」

綸太郎はしばらく唸っていたが、

「玉八、おまえにゃ悪いが、ちょっくら土浦まで行って、桜川辺りを調べてくれねえか。殺された綾瀬文五郎のことも含めて、何かあるかもしれねえから」

「お安い御用で。でも、できたら、桃路姐さんと行きたいなあ」

「どうして」

「ひとりじゃ寂しいからよ」

「そんなら、峰吉でもつけてやる」

「だったら、いい。ひとりの方がマシ、マシ」

両手を振って、逃げるように駆け出した。

見送る綸太郎は、その足で、定信の屋敷を訪ねた。

急な訪問に、定信の方も驚いたようだが、ふたりの仲である。単刀直入に本題に入った。

「名君と知れた松平定信公と、血も涙もない殺し稼業の坊主とは、妙な組み合わせだと思いましてね」

探るように言う綸太郎に、定信はすっかり惚けた顔で、

「からかっておるのか。私は、おぬしほど暇ではないのでな」

「風神、雷神とあなたとの関わりをお聞かせ願いたい」

「…………」

「そやつらは、水戸藩の田端という家臣の手下のはずですが？」

薄笑いを浮かべた定信は、張り子の虎のように首を振って、

「さすがは綸太郎殿。裏の渡世では名の知れた風神雷神まで知っているとは……まさに、〝闇の帝〟と呼ばれた上条家だけのことはあるな」

「皮肉どすか？」

「まあ、いずれ始末をせねばなるまいが、それが何か？」

「その者たちは人を殺したんどす」

「何かの間違いだろう」

「あれほど、屋敷の前で騒動を起こしておいて、知らぬ存ぜぬですか？　敵味方で争っていたはずの半兵衛と風神、雷神が仲間だったとすれば、これ如何に」

「証があるとでも」

「…………」

ふたりはしばし睨み合っていたが、定信は平然とした顔で、知らぬと言い張った。

「なるほど……太田様といい、定信様といい、もちろん上様といい……偉い御仁は知らぬと言えば物事が通ると思うているようだ」

綸太郎がさらに鋭い目になると、定信は陰鬱《いんうつ》な表情を漂わせた。

## 四

太田の屋敷内には、地味な茶室があって、ここが密談に使われている。

京で上条雅泉によって茶の湯の侘《わ》び寂びを学んでから、一層、凝《こ》るようになったが、禅の心で接するからこそ、政事の胡散臭い話も澄んだ心で聞けるのかもしれぬ。

「なんだと？　水戸藩は、龍雅のことを探そうともせぬ、だと？」

そう言いながら茶筅《ちゃせん》の動きを止めた太田は、釜の湯煙を眺めながら、小さく溜息をついて、傍らに控える神部を見やった。

「――はい。手の者を、番士に扮装させて潜り込ませましたが、田端はもとより、誰も探索に出た節がありませぬ」

「妙な雲行きになってきたのう」

「……………」

「肝心要の龍雅がおらぬでは、奴らは上様とうまく交渉ができぬはず。どのような思惑があるか分からぬが、それも泡と消えよう。平然としてる裏には、何かあるな」

「御前。どうせなら、松平様が気にしているその龍雅を、亡き者にしてはどうですか」

「……………」

「さすれば、松平様も水戸藩も、何か動きを見せるのではありませぬか？」

「いや、待て……松平様はそれを期待して、私に綸太郎殿の子について、調べてみよと命じたのやもしれぬ」

「では……」

「しばらく様子を見てみよう」

落ち着いた声で言った太田は、龍雅のことを案じた。神部はただ淡々と、

「元気でございます。しかし、あれ以来、口をきこうとしませぬが」

「そうか……ならば、ここへ連れて来い」

「は？」

「私がもう一度……」

すぐさま幽閉されている部屋から、龍雅が連れて来られた。潔《いさぎよ》いのか、俎板《まないた》の鯉《こい》の気分なのか、逃げようとはしなかった。

「龍雅殿……そなたは綸太郎殿の息子であること、間違いないのだな」

「何度も同じ事を言わせないで下さい」

「祖父の雅泉とは、私も深い付き合いをさせて貰ってな、茶の効能というのを色々と教えてくれたものだ」

「………」

「体によいというばかりではない。簡素であり、幽玄であり、孤高であり、脱俗であり、静寂であり……そんな中に、人の心の欠けているものを見いだすのだ。もっとも、おまえの歳には分かるはずもないが、ゆくゆく人の上に立つのならば、武道の心

得がなければならぬ」

負けじと見上げる龍雅の目には、只ならぬ気迫が漲っていた。

「武とは、ふたつの戈《ほこ》を止めると書く。己が心を磨けぬ者が、争いごとを止めることなどできますまい……来られよ」

ゆっくりと立ち上がった太田は、躙《にじ》り口から体を曲げて外へ出ると、龍雅も追って、するりと出た。

そこには小さな竹林があった。太田は家臣に持って来させた木刀を龍雅に握らせた。

「さあ、かかって来るがよい」

太田は何も手にしていない。

「どうした。情けは無用じゃ。私はおぬしよりも、何倍も強いぞ」

龍雅は手にした木刀を、気合いとともにふりかざしてきた。だが、太田は体を右へ左へ傾けて避ける。そのたびに、木刀は竹を打ってしまい、その痺れで、思わず落としてしまった。

「そんなものか、龍雅殿。それで将軍になろうなんぞというのは片腹痛い」

「うるさい。死ねえ！」

乱暴な声を吐き出しながら斬り込んだが、悉《ことごと》く弾き返された。そして、わずかな隙を狙って、太田は龍雅の肩や鳩尾《みぞおち》を手加減なく拳で突いた。思わず悲鳴を上げて倒れる子供に、傍で見ていた神部も、何もそこまですることはないと眉をひそめるほどだった。

吹っ飛んで倒れた龍雅は、苦痛に身をよじった、それでも懸命に立ち上がって、

「くそうッ」

と飛びかかった。だが、弾かれたように竹に叩きつけられ、悶絶して崩れた。

太田が冷たく見下ろしていると、龍雅は必死に立ち上がって、尚も、木刀で組みかかろうとした。目一杯の気力を発揮したが、そのまま、グラリと倒れてしまった。

「なるほどな……この子は、綸太郎殿と同じだ……私は幼い頃の綸太郎殿をよく知っている……骨董や刀剣については、みっつになる前から、雅泉に暮らしの中で叩き込まれていたが、七つくらいになると、刀剣を扱う者は、剣術にも優れてなければ、何も語れぬ……そう言って、ふらふらになるまで稽古をしていた」

「…………」

「蛙の子は蛙、かもしれぬな」

「では、この小僧は上条家と一橋家の……」

「うむ……」

「なれば、徳川家のためには禍根を残すべきではありますまい」

「もう、あの牢部屋には置かず、きちんと寝かせてやれ」

優しく言う太田に、神部は戸惑った。

「御前……この子を始末せねば、御前が定信様に……」

「構わぬ……私は徳川家とは関わりはない。たしかに老中の身ではあるが、この子は殺せぬ……殺せば、松平定信の思うがまま……それに、本当に上条家の子ならば、足利家の流れを汲《く》むことになり、足利家は清和《せいわ》天皇の本流ゆえ、徳川から天下を奪い取るために生まれてきた子としても不思議ではない」

「ならば……」

「だが、そのようなことよりも……この子の気性に私は惚《ほ》れた」

「——御前、しかし……」

「定信殿の顔色を窺う必要はない。ああ、窺うことなどないのだ」

苦渋に満ちながらも、何事か決意をした様子の太田を見上げて、神部は自分も腹をくくった顔になった。

その二人を——。

じっと木陰から見ていた人影が、スッと動いて離れた。

半兵衛だった。

猿のようにひらりと塀を越えて飛び出した半兵衛は、一目散に松平の屋敷に戻った。そして、見たままのことを語ると、

「ふうむ……殺さなかった……か」

「はい」

「太田ならば、幕府に禍根を残す芽は摘むと踏んでいた」

「…………」

「そうなれば、儂が手を下さずとも、小さな芽は摘め、上様の甥御様を殺したということで太田を切腹させ、幕政から追い出せる。一石二鳥だと踏んでいたのだがな」

「奴も、それほどは徳川家に忠義心がないということです。辿れば太田道灌が祖先。ということは、足利と同じく清和源氏。しかも、この江戸城を造った者の子孫となれば、徳川を憎んでいるはず。〝三種の神器〟に相応しい足利の世に戻そうと思っても不思議ではありませぬ」

「足利の世か……」

「まあ、それは夢物語としても、徳川に謀叛《むほん》を起こすことは考えられます」

「だとすれば……」

と定信は唸った。

「龍雅と一緒に、太田も始末するしかあるまい。のう、風神、雷神」

声をかけると、襖《ふすま》が開いて、控えの間から姿を現した。

「半兵衛とおまえたちが、多くの人々の前で争いごとをして見せたために、世間は幕府と水戸藩が事を構えると思い込んだ」

「——はッ」

風神、雷神は頭を下げた。

「だからこそ、幕府から水戸に軍勢を送ることもできよう。だが、その前に、風神、雷神……おまえと半兵衛が手を組んで、太田と龍雅を一緒に始末せい」

半兵衛もしかと頷いた。定信は自分の野望に燃えたぎっていた。これまでは策を弄したが、もはや己が手を汚すしかないと思ったのである。

「上様の覚えがよいことに、太田は少々のさばりすぎた。遠慮はいらぬ」

哄笑《こうしょう》する定信の顔は、以前にも増して、醜く歪んでいた。

その夜——。

龍雅が太田の屋敷をこっそり抜け出したことに、誰も気づかなかった。

# 五

迷路のような神楽坂の坂道を、綸太郎は迷うように歩いていた。月見《つきみ》坂、雪見《ゆきみ》坂、花見《はなみ》坂、蛍《ほたる》坂に袖《そで》摺《す》り坂……すっかり慣れた道のはずなのに、狸《たぬき》にでもばかされたように行き止まりばかりにぶつかった。

「なんか妙だな……」

首をぶるぶると振ったが、頭がもやっとして、まともに店への戻り道を見つけることができなかった。

昼間だというのに、薄暗い。空は晴れていて雲はない。なのに目が霞んだように暗いのは、龍雅のことが心配だったからであろう。同じ所を何度も通った気がする。いつもの町並みが、別の浮き世のように感じられた。

どん詰まりから戻ろうとしたとき、声をかけられた。

「若旦那……若旦那……」

振り返ると峰吉だった。何処かへ買い物にでも行った帰りのように、大きな風呂敷包みを抱えていた。

「ずっと桃路が探してましたで。若旦那に報せなきゃならないことがあるて」

「桃路が？」

「気にしてるンですよ。隠し子があったとなると、ふたりの仲が、この先、どうなるのやろうって……」

「どうもならへん」

「あきまへん。そろそろ決めてやらねば、桃路とて生殺しと同じや。一旦は諦めたのに、桃路は若旦那を選んだんどっせ」

「なんや。おまえは前から、桃路と一緒になることは反対してたやないか」

「へえ、そうどす」

「だったら……」

「けど、女は覚悟をしたら強いおっせ」

「…………」

「さ、若旦那、とにかく帰りまひょ。これ、確かめてくなはれ」

と抱えていた風呂敷包みを差し出して見せた。

「なんや」

「あらら、なんややあらしまへんで。例のものやないですか」

「あ、そやった、そやった」

　すぐさま咲花堂に戻ってから、風呂敷を開けると、中には桐箱があり、その中にはさらに茶碗があった。例の赤楽茶碗である。

　それを惚れ惚れと眺めた綸太郎は、

「そやけど、よう取り戻したな」

　と言ったが、その目はなぜか虚ろだった。

「これを、定信様が手放すとは思えぬが……〝三種の神器〟が打ち揃っても、何も起こらぬから、本物かどうか分からなくて、困っているらしいさかいな」

「へえ。そこですがな……定信様は困り果てて、結局は、本阿弥家に尋ねたようなのですが、宗家からは、『何故に、松平定信様が持っておられる』と執拗に聞き返されたとか」

「ふむ。そらそやな。このことを知っているのは、限られた人間だけや。宗家とて、怪しむやろ。かといって、それを自分たちが持てば、痛い目に遭うことは承知しているはずや」

「でも、こちらには戻ってこない……ということは、やはり利休庵清右衛門が嚙んでいるとしか考えられまへん」

峰吉は心配そうに溜息をついたが、綸太郎はすでに、異変を感じ取っていた。

先刻の迷い道がそうだった。前にも一度あった。迷路のような神楽坂界隈で、同じ道を繰り返し通るのだ。逢魔《おうま》が時によくあると言われるが、綸太郎の周りには今、その妙な霊気が流れているとしか思えなかった。

同じ場所で同じ時を過ごしているが、そこには存在しない違和感と言おうか……。

「若旦那……？　若旦那」

「あ、ああ……」

我に返った綸太郎は、改めて峰吉に確かめるように言った。

「神楽坂の神楽は、神座《かみくら》、つまり神の宿る所ということや。人々の穢《けが》れを払い、巫女《みこ》が神の思いを伝えたり、いわば神と人が一緒になって宴《うたげ》を催《もよお》す所やな」

「へえ……」

「宮中の御神楽と町人や百姓がやる里神楽があるが、もとは同じじゃ。この町には、そういう霊気が漂っている。こんな思いになったのは初めてやが、その意味がようやく分かってきたような気がする」

「どういうことです？」

「考えてもみい。俺は初めてここへ来たときは、京の神楽町に似てるなと思うたが、何処かで繋がってるのや。閻魔《えんま》大王がおる六道珍皇寺《ろくどうちんのうじ》の〝冥途通いの井戸〟のように、冥府と繋がっているに違いない」

「そうでっしゃろか」

「だからこそ、ここに惹かれたのや。我が上条家が、その始祖の頃より、〝三種の神器〟をもって諸悪を始末し、絶やしていくという使命があったことと、偶然ではなかったのかもしれへん」

しみじみと語る綸太郎に、峰吉は納得したように頷いた。

「そうかもしれまへんな……若旦那がここへ導かれたのかもしれまへん。だからこそ、こうして……」

峰吉は改めて、赤楽茶碗を手にとって、綸太郎に渡した。

「これは、若旦那……あなたのような人が持たなあかんのどす、ほんまは……」

「ん？」

「それが、大旦那の願いでもあるでしょう」

ふいに見やった綸太郎は、不思議そうに峰吉に向き直って、またハッと我に返ったように改めて聞き直した。

「これ……本物やな」

もう一度、眺めてから、

「たしかに本物や。しかし、これは、松平定信様の手に……おまえ、どうやって……」

峰吉は今まで見せたことのない、生真面目で険しい顔になって、

「──恩返しですわ」

「恩返し？」

「へえ。若旦那、この茶碗のために、私の命を助けてくれた。いわば、私のせいで、上条家の宝が、渡ってはならない人間の手に渡ってしまった。そやから……」

「当たり前のことや。人の命と比べて……」

「だからこそです」

と峰吉は強い口調で、毅然と言った。

「たったひとつの茶碗とおっしゃいますが、この茶碗が松平定信様の手に渡ったがために、もっともっと大勢の人が苦しみ、命を落とすかもしれまへん」

「…………」

「だったら、私ひとりの命くらい、のうなってもええんとちゃいますか」

「それは違うで、峰吉」

「いいえ、違いまへん。それが、私の生き様なんどす。私に背負わされた運命《さだめ》なんどす。そやから、こうして忍び込んで、取り返してきたんどす」

「！……」

綸太郎はしばらく峰吉の皺《しわ》の入った顔を見つめていて、込み上げてくるものがあって、唖然となった。

「もしや、峰吉……おまえ……ほんまは俺の守り役やったんか？　親父に命じられて、俺の素行や店の勘定なんぞを預かったふりをしていたが、本当は……腕利きの忍びか？　いつも、ふざけて剽軽《ひょうきん》に振る舞っていたのは、あれは、それを隠すためか？」

「…………」

「そうなのか？」

「忍びではおへん。若旦那も知ってのとおり、長年、仕えている番頭でございます。ですが、刀剣目利きの咲花堂……上条家のことを深く知るたびに、命を賭けなあかん……そう思うようになったのどす。大旦那や若旦那……あなた方のような、あたりまえに人を人と思える人こそが、〝三種の神器〟を受け継がんとあかんて」

「……もうええ、峰吉」

「若旦那……」

「気持ちは嬉しいが、このために何人もの人間が命を落としてる。俺はそのことが辛《つら》いのや。なんとかせねばならん」

「ですから、〝三種の神器〟をすべて取り戻せばええ話どす。私はそのためなら、そのためなら……」

悔し涙に暮れる峰吉の肩に、綸太郎はそっと触れた。そして、いつも我《わ》が儘《まま》ばかり押し通して済まなんだと、言葉にこそ出さないが心の中で両手を合わせた。

だが……咲花堂のある神楽坂を覆うように、黒い雲が空に広がっていた。

「そうか……峰吉、分かったで」

「え？」

「定信様の狙いが読めた。この一件の狙いは、まずは老中、太田資愛の失脚にあったのや。そやから、俺の隠し子が事実かどうか、太田様に探らせた」

「ああ、そうかもしれまへんな」

「定信様にとって、太田様は目の上のたんこぶ。上様の監視役よってな。俺にとってのおまえのように」

「わ、若旦那……」

「冗談や。近頃は、定信様が太田様に気を遣うことが多かったことは、おまえも何とはなしに知ってるやろ」

「ええ」

「将軍家を田安家に戻したい定信に対して、一橋家から将軍を出し続けることを願う上様と太田様はガッチリと手を組んでいる。上様が、何人もの子供を作っているのは、御家を絶やさぬためや」

「…………」

「それに加えて、上条家と一橋家の血の繋がりがある龍雅が名乗り出れば、他の世継ぎを守るために、太田様は目の色を変えて動き出すと、定信は踏んだのやろう」

「だから、太田様はあえて、龍雅をかどわかして真偽を確かめようとしたと？」

「ああ。後は、太田様が龍雅をどう始末するかを黙って見ていればよかった……殺せば、仮にも一橋治済様の娘と上条家の子を抹殺したとして、太田様こそ葬られる。公儀の要職から消えざるを得ない」

「ということは……やはり龍雅は、若旦那の子なのですか」

「さあな。だが、いずれにせよ龍雅は、定信様にとってただの餌《えさ》に過ぎへん」

「餌……？」

「いずれ龍雅は、折を見て、太田様の仕業に見せかけて殺されるやもしれへん」

「分かりました、若旦那。私も定信様からは目を離しまへん……けど、この茶碗を取り戻したのやから、今頃は……」

地団駄を踏んでいるであろう定信の姿は容易に想像できたが、安穏とはしていられない綸太郎であった。

六

江戸城御座之間に、珍しく出て来た将軍家斉の前で、定信は平伏していた。

「火急の用とは何じゃ、定信。余は、可愛い新しい側室と、ゆっくりしたかったのじゃ。邪魔するな」

あまり日にも当たらないから、青白く痩せた家斉は不機嫌に言ったが、強くは言えなかった。何と言っても、将軍の次に幕府権力を握っている定信だからである。

「お言葉ですが、上様……目を覚まして下さいませ。信じがたいことが……」

「だから、何じゃ」

「上様を御座から引きずり下ろさんとする謀叛《むほん》の企てをする者がございます」

「なに？　誰じゃ、それは」

「驚きなさいますな。老中……太田資愛殿にございます」

「定信。冗談も言ってよいことと、悪いことがあるぞ。太田に限って、さようなことをするわけがない」

「ですから、信じがたいことと進言しているのでございます」

「！……」

「もしや、お耳に届いているやもしれませぬが、実は……水戸家を通じて、かの……上条綸太郎と一橋治済様……上様の御父上君の娘の子が、お目通りしたいと申し出てきました。龍雅という男の子です」

「なんじゃと？」

「秘かに調べましたところ、その後ろで手を引いていたのは……太田殿でした」

「だから何だ。別によいではないか」

「太田殿は、水戸と通じて、何やら画策をしております」

「待て、定信。余の跡継ぎならば、幾らでもおる。たとえ、余の甥にあたる者が出てきたからとて、揺るぐものではない」

「でしょうか」

「む……？」

「問題は上条家の血が徳川家に入るということです。不思議なことに、御三家はなぜか、上条家のことを畏《おそ》れております」

「それは……」

足利より下された〝三種の神器〟をそれぞれの家が持っているからであって、下手な扱いをすると、何か悪いことが起こると思っているからであろう。家斉はそう言った。

「その不安をさらに揺すぶりながら、いずれ上様が万一の折は、〝三種の神器〟を取りそろえ、一気に天下を制する魂胆にございます」

茫然となった家斉は、亡霊のように立ち上がって、

「信じられぬ。あの太田が……さようなことは信じられぬ」

「事実にございます。畏れ多きことながら、いまだ将軍を出していない尾張と水戸は、太田と組んで天下を狙ってくるでしょう。そのために上様を罠に陥れ、御一門ごと葬ろうという野心もあります。これが、その証でございます！」

と差し出したのは、赤楽茶碗だった。

「紀州の流れを汲む殿はご存知ですな。これが紀州藩の家宝であることを」

「!?――」

「どうして、おまえがこれを」

「太田の屋敷にあったのを、私の手の者が取り返したのでございます」

それを掌で包むように見た家斉は、さすがに頰を朱に染めて、

「うぬ……まさか、かような……」

元々、癇癪《かんしゃく》の強い家斉は、唸りながら甲高い声を上げた。

「すぐにでも、太田に蟄居《ちっきょ》を命じよ！　あれほど目をかけてやったのに……余は許さぬ……決して許さぬ！」


太田に謀叛の意あり――との報は、即日、江戸城内に広まった。

言い訳をする間もなく、太田は謹慎させられ、門を閉じて、一歩も外へ出ることは許されなかった。即日、切腹にならなかったのは、家斉の太田に対する情けが、わずかに残っていたからである。

辰之口《たつのくち》評定所に呼び出された太田は、誰もいない板間の下部屋に、ぽつんと裃《かみしも》姿で座らされていた。老中が座す所ではない。

現れた評定所役人が腰を屈めて歩み寄って、

「太田様……」

「蟄居かと思えば、上様直々のお呼び。これは一体、どういうことだ」

「お腰の差料を預からせていただきます」

「老中の儂を咎人《とがにん》扱いするか」

「しきたりでございますれば、どうか」

仕方なく無言で刀を鞘ごと抜き取って渡すと、聳《そび》えるような立派な体軀の大目付の菅沼豊後《すがぬまぶんご》が訪れた。

「菅沼か。訳を言え」

「お控え下され、太田様。これは、ご上意であらせられます」

「………」

菅沼は懐から、「下」と墨書された封書を出して見せる。平伏する太田に、

「老中、太田備中守資愛。その方、上条家、綸太郎が一子、龍雅をして、黒幕として天下を奪わんとした件、不届きにつき、切腹申しつける」

「何と……！」

茫然と息を飲む太田を、菅沼は同情の目で見やり、

「上様は、太田様を惜しんでおられる。病死として、家名は残すと仰せだ」

「──断る」

「なんと」

「身に覚えのない罪に、なにゆえ切腹をせねばならぬ」

「この期におよんで、尻込みでございまするか。切腹は形だけ、私が自ら、介錯をして差し上げましょう」

「私が謀叛を企んだというのなら、その証を出して貰いましょう」

「容易なこと。龍雅という子が、あなたにかどわかされたこと、すっかり話した」

「！──」

「さあ、どういたします」

太田は唇を嚙んで、菅沼を見上げた。

「できぬなら……」

評定所役人が数人、駆けつけてきて、太田を羽交い締めにして押さえつけた。無理にでも切腹させるつもりである。

「誰だ……俺を罠にはめたのは……まさか……松平定信……」

太田が愕然となり、抵抗の力を緩めたとき、

「お待ち下さい」

と綸太郎が入ってきた。

「何やつじゃ」

菅沼が立ちはだかったが、綸太郎は構わず乗りこんで、

「茶番は終わりにしまひょ、菅沼様」

「誰だと聞いておる」

「上条綸太郎……水戸治保公と一緒に、上様に直にお会いして、誤解を解いてきました」

「誤解？」

綸太郎の名を聞いて、菅沼は驚いた。上条家が〝闇の帝〟と呼ばれていたときもあると、知っているようだ。

「そういうことや。あなたも定信様に踊らされていたのでしょう。さあ、もはや切腹をすることはありまへん」

「！　う、嘘を申すな」

「ならば、上様直々にお尋ねすればよろしいでしょう」

「…………」

「これ以上、無理無体を通せば、あなたの御身も危うくなりますよ」

毅然と睨みつけた綸太郎の気迫が、一同を圧した。喘いで後ずさりしながらも、菅沼は言った。己の義務と思ったのであろう。

「そこもとが偽りを申していたら、只では済みませぬぞ」

「偽りならば、私のような身分の者を、この評定所に通してくれるわけがないやろ」

菅沼が合図をすると、役人たちはその場から立ち去った。

綸太郎とじっと目を合わせていた太田は、

「まさか黒幕が定信様とは……いや、本当は感じていたが……」

と溜息をついた。

「この前は、綸太郎どの……思ってもないことを言うて、済まなんだ」

太田は素直に頭を下げて、

「今にして思えば、色々と思い当たることがある」

「定信様は、あなたのことを煙たがっている。そのことだけは、忘れない方がええでっしゃろ。そのことはゆめゆめ……」

「しかし、綸太郎どの……」

改めて太田は不思議そうな目で見やり、

「水戸治保公に同行させたとはいえ、上様の心を変えたのは、何故……」

「さあ。なんででっしゃろ……太田様。あなたの日頃の行いが、よかったからやないですか？　私はそう思うてます」

本当は、峰吉が持ち帰った本物の赤楽茶碗を家斉の前に持って行き、

——どちらが本物か、割ってみて下さい。

と詰め寄ったのだ。

——本物なら割れず、贋物は割れる。

だが、家斉は自分で、割ることはできなかった。綸太郎ならば、本物の茶碗を見抜いているであろうから、贋物を割るであろうと、家斉は、

「おまえが割れ」

と命じた。

すぐさま綸太郎は、贋物の方を手にとって、中庭の石に叩きつけた。その鮮やかな仕草に、家斉も圧倒された。

「ですから、私を信じてくれたんです。定信が持ち込んだのが贋物やと。だから、言っていることも嘘やと」

綸太郎は微笑みかけたが、太田は忸怩《じくじ》たるものがあるのか、素直に返答はできなかった。

「かたじけない、綸太郎どの」

深々と頭を下げた。

七

評定所の出来事を耳にした定信は、さすがに狼狽《ろうばい》を隠せなかった。

呼びつけた半兵衛に、一刻も早く龍雅を斬るように命じた。しかも、太田の仕業に見せかけて……あくまでも、太田の策謀として処断するつもりだ。

綸太郎が何をどう言おうが、

——事が露顕しかかったので、証人となる龍雅を殺した。

ことにすれば、家斉は綸太郎も嘘をついていたと思うに違いない。

「そもそも、紀州藩が持っているべき茶碗を、綸太郎が持っていたこと自体がおかしなことだと、上様も気づくであろう」

定信の考えに、半兵衛は同調したが、自分が動けば疑いがかかるゆえ、

「こういうときのために、田端を手なずけておいたのですから」

「そうよのう」

不気味に頷く定信に、半兵衛もシタリ顔でほくそえんだ。


水戸藩邸では、半兵衛の報せを受けた田端が、

「承知――」

と頷いた。

太田の屋敷から舞い戻ってきて、藩主のもとで匿《かくま》われていた龍雅に、

「近々、上様にご対面できることになりました。治保公のお陰で」

「そうなのですか？」

「さよう。あなたは、将軍家ゆかりの人間だと、正式に認められるのです」

「！……」

思わず目を輝かして、田端を見上げた。

そこへ、風神、雷神が慌てた様子で来るなり、

「またぞろ、太田が龍雅君を狙って押し寄せて来ますぞ」

「ふむ。どうでも、自分の手で始末したいとみえる」

「始末……」

「ああ。あなたを亡き者にしようと……」

田端にそう言われた龍雅は、なぜか素直に信じられなかった。屋敷内の竹林で、太田に何度も何度も木刀で立ち向かいながらも、決して敵わなかった。だが、殺す気ならば、すぐに消していたはずである。なのに、

——頑張って立ち上がれ。

と言わんばかりに励ましていたように、龍雅の幼心にも響いていたからである。いや、それも芝居であろうか。大人の本心を見抜くのは、まだ無理な年頃であった。

「龍雅君……ここは一旦、身を隠すに限ります。公儀を敵にするということは、水戸藩邸といえども、安泰とは言い難い」

龍雅は田端の言葉に従って、用意された駕籠に乗り、水戸藩邸を離れた。警護の侍は三十人程に膨らんでいる。

何処をどう進んでいるのか、何処を目指しているのか、龍雅には分からなかった。どれほど歩いたであろうか。ビュウと風の音が激しくなったとき、

「この辺りでよいであろう」

と田端の声がすると同時、駕籠が停まった。

扉が開かれたので、不審そうに表に出ると、家臣だと思っていた者たちは、みんな浪人に変わっていた。

「隠れ家に行くのでは？」

「悪いがな、坊主。おまえにゃ、ここで死んで貰う」

田端が俄に下卑《げび》た声で言うと、素早く刀を抜いた。逃げ場を求めて、龍雅はすぐさま駆け出したが、あっという間に取り囲まれてしまった。

「や、やめてよ……恐いよう……」

忍びの鍛錬《たんれん》を受けていたとはいえ、やはり子供である。恐怖に震えて、その場に泣き崩れてしまった。

「怨むなよ」

田端が念じるように、始末せいと言ったとき、

「やめろ！」

と声があって、綸太郎が駆け込んできた。

「おまえたちの動きは、ずっと張っておったのや」

龍雅は思わず、綸太郎にしがみついた。

「もう心配はいらぬぞ、龍雅」

「――ケッ。笑わせやがって。ならば、父子共々……ということで、死ね！」

一斉に、切っ先を揃えた浪人たちを、綸太郎の〝阿蘇の螢丸〟が阻むように光っ

た。

殺到する浪人たちに綸太郎の小太刀が唸り、龍雅を庇《かば》いながら、一方に駆け出した。必死に追う浪人たちの集団は、鹿を狙う狼の群れのように凶暴だった。

「龍雅、こっちだ！」

綸太郎は龍雅の小さな手をぎゅっと握って駆け出した。行く手を阻む者、後ろから追って来る者たちの刃を綸太郎は弾き返した。だが多勢に無勢。ふたりは次第に追いつめられていった。たまらず転んだ龍雅を抱き起こした。

「大丈夫！　俺がついてるからな」

迫り来る剣の波をかいくぐって、綸太郎はとにかく逃げた。必死について行く龍雅の顔はひきつっていた。

その時、田端が綸太郎の背中に狙いを定めて、吹き矢を構えた。

——フッ。

音もなく吹き矢は、綸太郎の肩口に突き立った。

「うッ……」

よろりと崩れた綸太郎にしがみついた龍雅は思わず、

「父上！」

と叫んでいた。綸太郎には意外な言葉だったが、その言葉に励まされたのか、綸太郎は痛みを堪えるように、浪人から奪い取った刀を田端に投げつけた。

ガキン！

それを刀で弾き返した田端は、俄に鬼の形相となって、

「うおおッ――！」

と猛然と突っ走って来て、上段から打ち下ろすように斬りかかった。

かろうじてかわした綸太郎は、螢丸で逆袈裟懸けに田端を斬った。うわっと悲鳴を上げて倒れた田端は、その場でしばらく痙攣《けいれん》をした後、動かなくなった。

返り血を浴びた顔で、綸太郎は浪人たちを振り返った。

「――貴様ら……」

浪人たちはその凄い形相に後ずさりした。

「まだやるか。おまえたちを雇った主は死んだ。なのに、罪人になりたいか」

これ以上、関わっても何の得もないと判断したのであろう。浪人たちは、我先にとその場から逃げるように去っていった。

――悪夢のようだった……。

だが、どこから吹いてくるのか、夏にしては涼しい風だけが、ふたりともまだ生き

ている証を感じさせてくれた。

八

龍雅を背負って咲花堂に戻ったとき、玉八が待っていた。一緒に、桃路と峰吉、そして、医者の雪庵に付き添われた渚もいた。

「若旦那……」

みんなは優しい笑みで迎えてくれた。桃路は血だらけの綸太郎を見て、声を上げそうだったが、生きて帰ったというだけで、ほっと安堵した。ひとりで立ち向かうことが無謀だったのだ。

綸太郎は渚を見て、にこりと微笑《ほほえ》んだ。

「よくなったか、渚」

「あ、はい。あの、私は……」

「分かっている」

「え？」

「こいつが、ぜんぶ話してくれた。すっかり眠ってしまったがな」

と背中から下ろして、二階で寝かせるよう、峰吉に頼んだ。

「話をしたって……？」

「うむ。おまえたち姉弟は、綾瀬文五郎という水戸藩の隠密……忍びの子供として育てられ、その修行もしてきたようだな」

「………」

「よほど、主家には忠実だったのだろう。田端に罠にハメられて、浪人たちに殺されそうになっても尚、信じていた。田端もまた、松平定信に騙されてただけなのだと」

綸太郎は思い出しながら、そう話した。背中にまだ龍雅の温もりがある。その背中越しに話したことを、綸太郎は渚に聞かせた。

龍雅は田端を庇いながらも、心のどこかでは、おかしいと感じていた。だが、そのことを何処かで否定しようとしていた。それは、文五郎が、

——田端様だけは、信頼できるお方だ。

と繰り返し言っていたからだ。

「きっと、そうだったのやろう。けど、土壇場で田端は、主君を裏切って、松平定信に寝返った。金を積まれたか、あるいは天下を取った後に、大名の約束でもされたか」

綸太郎はすべてを忘れて、土浦の桜川に帰った方がよいと勧めた。龍雅は半ベソになって、綸太郎の背中を濡らした。

「ごめんなさい……私は父上に命じられて、上条綸太郎様の〝御落胤〟になれと言われました。訳は分かりません。ただ、それは母上の望みでもありました」

「母上の？」

「すみません。贋物と承知で、綸太郎様の子に成りすましていたんです」

「そうか……」

何の驚きもなく、綸太郎は聞いていた。端《はな》から自分の子でないことは承知している。だが、おぎんという女とは情をかわした仲だ。その女が産んだ子ならば、

――なんとか救ってやりたい。

と思っていたのだ。

自分が愛した女の息子が、どうして忍びとして生きてきたのか、それは聞いても、幼い龍雅……いや鉄平には分からぬことだった。

「私は聞いたことがあります」

渚が悲しそうな顔で、こくりと頷くように話し出した。

「私の父……綾瀬文五郎は、土浦に住む水戸藩の忍びでした。それが、ある時、水戸

藩に流れてきたおぎん……義母と一緒になったのです」

「義母……」

「はい。父は、私の母と……何があったか知りませんが、別れて後、義母を守る役目を命じられました。義母のおぎんは、一橋様の縁者で、水戸家で預かった、とのことでした」

「………」

「けれど、義母は幽閉されたような暮らしが嫌で、『京まで逃げたい』と父に、何度も何度も頼んだのです」

「京に……」

桃路が問いかけると、渚は少し辛そうに首を傾けながら答えた。

「綸太郎様に会うためです。義母は本当は、綸太郎様のことを忘れられなかった……悲しいときや辛いとき、義母はいつも、綸太郎様から戴いたという、小太刀を大切そうに眺めていました」

「………」

「そんな気持ちを、父は分かっていたはずですが、知らないふりをしていました。けれど、義母を守るべき立場の父が、藩命に背いてまで、京に逃がそうとしたことがバレて……ふたりは覚悟の上、逃げたのです」

渚は一気呵成《かせい》に辛いことを吐き出すように、

「本当に辛かった。どうして、逃げているのか私には分からなかった」

「…………」

「けれど、遠い幻のような人を思い続けるよりも、目の前で、すぐ近くで大切にしてくれる人の方が女は嬉しい……」

恋心が芽生える年頃の渚だからこそ、そう思ったのであろう。

「だから、鉄平ができたのです」

「そうだったのか……」

「けれど、逃げるような暮らしで義母は体を壊して、病の床につきました……そのとき、義母はこんなことを、私にそっと話したんです」

「…………」

「私は綸太郎様のことを忘れられないまま、あなたの父上と一緒になった……いつかは忘れられると思ったけれど、歳月が経てば経つほど……会いたくて会いたくて、たまらなくなった……私は穢れた女だ……渚……許しておくれ……って、そう……」

本当なら、文五郎に言うべき言葉を、渚に言ったのは、本当の母子のような気持ちになっていたからであろう。綸太郎はそう感じていた。

「父は可哀想な人でした。でも、ある時……義母が死んでから、『鉄平を上条綸太郎とおぎんの息子として、上様に引き合わせる。あることのために……』と田端様からお話がきました」

「田端が……」

「はい。藩主の命令とのことでしたが、このことが成功すれば、水戸に帰れると父に約束してくれたのです」

上条綸太郎の名を聞いて、文五郎はすぐさま決断したという。

「どうして？」

桃路が尋ねると、渚は男の気持ちは分からないけどと断ってから、

「もし、鉄平が徳川御一門となれるならば、そんなよいことはない。しかも、おぎんが産んだ子が、上条綸太郎の子として、上様にお目通りできるならば、これほどの僥倖《ぎょうこう》はない。おぎんもきっと喜ぶ……父はそう言って、すんなり田端様に従ったのです」

「…………」

「その代わり、まさか……ご家老の息子を預かったがために、殺されることになると

と言い続けたという。

田端は自分たちの後ろ盾になるといい、鉄平にとっては立身出世の機会だと、ずっと言い続けたという。

「その田端が……裏では、松平定信と結びついていたってわけか……色々と利用されるとも知らないで……。よく話してくれた、渚……」

綸太郎は労をねぎらうように言って、桃路を振り返った。

「昔のこととはいえ、実に情けない男だな、俺は……」

「そんなことありません」

「少なくとも、ひとりの女を不幸にさせてしもうた」

「そうでしょうかねえ」

「ん？」

「それは男の自惚れというもの。たったひとつの思い出だけでも、一生過ごせる女もいるんです。私には無理だろうけど」

茶化すように笑う桃路を、綸太郎は可愛い女だと思った。そして、少なからず縁のあった渚と鉄平という姉弟ふたりの行く末はきちんとしてやらねばならぬ、と綸太郎は改めて誓った。

「それにしても、若旦那……」

玉八は横合いから口を出した。

「今、渚が言った話は、俺が桜川で聞いた話と同じだ……けど、ひとつだけ、渚は嘘をついてるよ。いや、間違ってるだけだが」

「え？」

と表情を曇らせる渚に、玉八は言った。

「一緒に逃げようと言ったのは、文五郎の方なんだ。あのままでは、他の誰かの嫁にされそうになった。母のいない渚に、気の合う母親がいればいいと考えたんだ」

「…………」

「だから、お父っつぁんは可哀想なんかじゃねえ。幸せだったたんだよ」

九

幽霊女の掛け軸と赤楽茶碗、金の小烏丸――。

この〝三種の神器〟を目の前にして、松平定信は、実に嬉々としていた。傍らには、半兵衛と鑑定に訪れた清右衛門がいる。

「まこと、上様は間抜けよのう……それに増してバカは綸太郎だ。わざわざ本物を届けにくるとは。災い転じてなんとやらじゃ」

定信がそう言いながら酒杯を傾けると、清右衛門も同調して、大きな腹を抱えるように高笑いした。そして、それぞれを眺めながら、

「すべて本物に間違いありません。このような逸品、本阿弥宗家に見せたりすれば、それこそ横取りされます。いや、恐ろしくて手にできないと聞きましたが、本音では贋物とすり替えたいくらいでしょう」

「清右衛門……おまえが言うのだから、正しいのであろう」

「恐れ入ります」

「しかし、このみっつが揃っても、何の霊気も立ち起こらぬ。言い伝えによれば……」

「定信様……」

と清右衛門は制するように言った。

「言い伝えなど、信じるに足りませぬ。それよりも、これらをどう利用するかでございます。新しい伝説を作る。それが、定信様の使命と存じますが」

「よいことを言うのう、清右衛門。ならば、どうする」

「少なくとも、御三家に対しては優位に立ってございます。どのようなことでも、うまく取り引きできるのではありますまいか？」

「そうよのう……しかし、半兵衛。何事も起こらぬではないか」

「御前……」

焦ることはないと宥《なだ》めようとしたが、近頃は情緒も乱れており、俄に気分が変わることが多かった。そのため、文字通り首を斬られた家臣もいる。それが、この掛け軸や茶碗、刀のせいであろうことは、半兵衛も薄々感じていたが、口には出せなかった。

見るからに気色悪い絵である。この屋敷にきたときよりも、薄汚れたような気がする。よく見れば、幽霊女の髪の毛が、長く伸びているようだが、これは錯覚であろうか。

「いいえ、そうではありませぬ」

と清右衛門は言った。

「この絵の中の女は、昔は若かったが、年を老い、そして、幽霊となって、掛け軸の中で移ろう世の中を見ているのです」

「…………」

「この絵を描いた狩野元信が、この刀で斬り殺され、その灰で作った茶碗……ではないかと言われている。元信は今に伝わる狩野派の繁栄を作った人であるが、何故、殺されなければならなかったか」

「…………」

「いや、殺されたのではなく大往生したはずだ。しかし、かような言い伝えが残ったのには訳があるに違いあるまい。本当は……この元信こそが、足利将軍家を裏で操っていた人だった。それを危ぶんだ時の将軍義輝《よしてる》公が……己が力を過信して、操り人形は嫌だと元信を消しにかかった……風雅を愛した八代義政《よしまさ》公は政事には疎《うと》く、幕府を傾かせてしまった。それを義輝公は、剣豪将軍と呼ばれるほど武人らしく、権力をすべて掌中に収めようとした。ゆえに、先祖の義政公の影のような存在の元信のことが、大嫌いだった。絵師なんぞ、クソくらえだったのかもしれませんな」

「待て、清右衛門……では、儂が天下を取るためには、誰を殺せばよいのだ……義輝公が斬ったように誰を……」

「言うまでもありませぬ。この〝三種の神器〟を引き継ぐ家……つまり上条の家を断てば、必ずや殿の狙いどおり、誰にも邪魔されず……ええ、上様とて恐くはありますまい」

「まことか」

「はい。間違いありませぬ。ふはは」

　清右衛門がまた腹をよじらせて、大笑いをした。

　そのとき——。

「相変わらず調子がよいのう、清右衛門」

　声があって、サッと障子が開き、入って来たのは綸太郎であった。

　その姿を見るや、定信は目尻を釣り上げ、

「無礼者！　綸太郎、いつから押し込みをするようになった！」

「盗人猛々しいとはこのことだ」

「なんだと？」

「〝三種の神器〟、きっちりと取り戻しに来たんですよ」

「黙れ、痴《し》れ者！　出会え、出会え！」

　定信が叫ぶと、半兵衛が立ち上がり、風神、雷神が乗りこんできた。だが、他の家臣はまったく現れない。

「出会え、出会え！」

「来るわけがない」

「この屋敷には、重い磁力のようなものが流れており、家臣たちはみな床に張りつくように眠っておりますよ」

「なんだと……」

「ふざけるな」

「前にも言うたはずやが……心疚《やま》しき者が手にすれば、自らに災いが及ぶ。もっとも、それをうまく利用して、天下を牛耳ったと誤解しているバカもいるがな」

「おのれ……」

「あなたには、誠実さというものがないのか、定信様」

「まことの為政者は、権謀のときと誠実のときを使い分けねばならないのだ。権力を得るためにはな」

「さようですか……だとしても握るのはあなたではない。もう、おしまいです」

「おのれッ」

　定信が半兵衛らに、綸太郎を斬れと命じたとき、掛け軸が光り、茶碗が浮かび、小烏丸が黄金に輝いた。それは目の錯覚ではないかと思うような鮮やかな光だった。

　途端、半兵衛と風神、雷神が、お互いに向き合って、刃を交わし始めた。

「うわっ、何をする」

半兵衛が叫ぶと、風神、雷神も同じように大声で、

「おまえこそ何だ！　俺たちを殺そうというのか！」

と怒鳴り返した。お互い、自分の意思に反して、勝手に刀が斬り合いを始めたのだ。懸命に止めようとしても、あまりにも激しく動く刀についていけず、思わず手を放してしまった。

するとその刀は宙を舞い、半兵衛の刀は風神に、風神の刀は雷神に、そして雷神の刀は半兵衛に突き立った。三つ巴のように倒れた三人を見て、定信はむんずと立ち上がった。

清右衛門はどさくさに紛れて、小烏丸を盗んで逃げようとしたが、躓《つまず》いて転んだ。その弾みで鞘から刀が抜け、宙に舞ったかと思うと、倒れたままの清右衛門の背中に突き立った。

「うぎゃ……」

「清右衛門。俺はおまえに、今まで何度も何度も、心を入れ替える機会を与えたはずやけどな……残念や」

救いを求めている清右衛門だが、そのまま絶命した。自業自得の最期であった。

定信が憤怒の表情で、綸太郎に自分の刀で斬りかかってきた。だが、まるで暖簾《のれん》に

腕押しで、反応がない。同じ所にいながら、ときがずれているのではないか、という
あの感覚である。綸太郎が避けているわけではないが、残像を斬っているに過ぎなか
った。

「定信様……目を覚まして下され」
「う、うるさい……」
「もし、このままあなたが持っていれば、必ずや天下は取れるでしょう。しかし、あ
なたほどの清廉潔白と言われた人間でも、〝三種の神器〟を前にしたら、人が変わっ
てしまうのです」
「…………」
「そのときは天下は乱れ、自分も滅びるに違いありませぬ。これは、あるべき所にあ
るべきなのです」
「黙れ、黙れ！」
定信は気がおかしくなったように、刀を振り回して、屋敷中を走り続けた。自分に
しか見えない亡霊を追いかけるように。
「おのれ……儂は死なぬ……この世は儂のものじゃ……儂の……」
どれほど駆け回ったであろうか。ぼろぼろになった体で、中庭の土の上にしゃがみ

込んだ定信は、もはや自分が誰かも分からなくなっていた。

「茶碗はどこじゃ……刀は……掛け軸は……あはは、どこじゃ……小烏丸……黄金の小烏丸をよこせ。どこにある……どこじゃ」

綸太郎は怒りよりも、その愚かさに憐れみを感じていた。


松平定信が御役御免になったのは、寛政五年（一七九三）のことである。改革の道半ばだったが、幕政は定信派が引き継いだ。だが、太田資愛はそれより八年も、老中に在籍し、定信派を監視した。

一方、綸太郎は——。

「〝三種の神器〟を手に入れたからには、もはや江戸にいる理由ものうなった」

と桃路に別れを告げ、東海道を西に旅立った。もちろん、峰吉も一緒である。

「しかし、若旦那……えらいものを手に入れてしまいましたな」

「京へ戻ったら、ぜんぶ壊す」

「こ、壊す？」

「ああ。足利ゆかりの地で、掛け軸を燃やし、茶碗を割り、刀は溶かす……そうすれば、もう誰かの手に渡ることもないやろ」

「でも、そりゃ、あんまりや……」

「なんでや」

「ひとつくらい残しても、ええのとちゃいまっか？」

「アホ言うたらあかん。ひとつ残せば、またぞろ、呼びよるかもしれん。他のふたつをな……といっても、本当なら心の綺麗な者が持てば、本当に極楽のような、泰平の世になるのやがなア」

「ですか？」

「ああ。けど、そんな人間……この世にはおらぬ……かもしれぬ。どんな綺麗な心の持ち主でも、権力や権威を手に入れると、やはり変わってしまうものや」

「——はあ……でんな」

峰吉が深い溜息をついたとき、遠く後ろから、「待ってちょうだい」と声がかかった。振り返ると、手甲脚絆の桃路と振り分け荷物を担いだ玉八の姿があった。

「おーい、待ってくれえ。今度は俺たちが京へ旅するぞオ」

玉八が有り余った元気な声で叫んでいる。

「あらら……どうします、若旦那」

迷惑そうな顔で峰吉が言うと、綸太郎の顔が明るく輝いた。

「桃路。おまえもかいな」

　綸太郎は道を戻って、両手を広げて待っていた。

　駆け寄って来た桃路は息を弾ませて、

「若旦那、いけずはあきまへんえ。私も連れてって下はりなはれ……」

「めちゃくちゃ言うとる」

「若旦那好みの京女になりまっさかい、よろしゅうおたのみ申します」

「妙な訛りで話しなや」

「一生ついて行きますからね、若旦那の行く所には」

　笑いながら、綸太郎は桃路の手を握り締めた。

　何が楽しいのか、まるで子供のように歩き出した綸太郎たちに、夏の日射しと海の照り返しが降りかかった。

　遙《はる》か遠くに富士山が聳《そび》え、鷹が飛んでいる。

　なんとはなしに目出度い風景に向かう、綸太郎と桃路の足取りも軽かった。

一〇〇字書評

切り取り線

| 購買動機（新聞、雑誌名を記入するか、あるいは○をつけてください） | |
|---|---|
| □（　　　　　　　　）の広告を見て | |
| □（　　　　　　　　）の書評を見て | |
| □ 知人のすすめで | □ タイトルに惹かれて |
| □ カバーがよかったから | □ 内容が面白そうだから |
| □ 好きな作家だから | □ 好きな分野の本だから |

●最近、最も感銘を受けた作品名をお書きください

●あなたのお好きな作家名をお書きください

●その他、ご要望がありましたらお書きください

| | | | | | |
|---|---|---|---|---|---|
| 住所 | 〒 | | | | |
| 氏名 | | 職業 | | 年齢 | |
| Eメール | ※携帯には配信できません | | 新刊情報等のメール配信を希望する・しない | | |

## あなたにお願い

この本の感想を、編集部までお寄せいただけたらありがたく存じます。今後の企画の参考にさせていただきます。Eメールでも結構です。

いただいた「一〇〇字書評」は、新聞・雑誌等に紹介させていただくことがあります。その場合はお礼として特製図書カードを差し上げます。

前ページの原稿用紙に書評をお書きの上、切り取り、左記までお送り下さい。宛先の住所は不要です。

なお、ご記入いただいたお名前、ご住所等は、書評紹介の事前了解、謝礼のお届けのためだけに利用し、そのほかの目的のために利用することはありません。

〒一〇一―八七〇一
祥伝社文庫編集長　加藤　淳
☎〇三（三二六五）二〇八〇
bunko@shodensha.co.jp

祥伝社ホームページの「ブックレビュー」からも、書き込めます。
http://www.shodensha.co.jp/bookreview/

祥伝社文庫

上質のエンターテインメントを！　珠玉のエスプリを！

祥伝社文庫は創刊15周年を迎える2000年を機に、ここに新たな宣言をいたします。いつの世にも変わらない価値観、つまり「豊かな心」「深い知恵」「大きな楽しみ」に満ちた作品を厳選し、次代を拓く書下ろし作品を大胆に起用し、読者の皆様の心に響く文庫を目指します。どうぞご意見、ご希望を編集部までお寄せくださるよう、お願いいたします。

2000年1月1日　　祥伝社文庫編集部

鬼神《きしん》の一刀《いっとう》　刀剣目利《とうけんめき》き　神楽坂咲花堂《かぐらざかさくはなどう》　時代小説

平成21年7月30日　初版第1刷発行

著者　井川香四郎《いかわこうしろう》

発行者　竹内和芳

発行所　祥伝社《しょうでんしゃ》

東京都千代田区神田神保町3-6-5
九段尚学ビル　〒101-8701
☎03(3265)2081(販売部)
☎03(3265)2080(編集部)
☎03(3265)3622(業務部)

印刷所　堀内印刷

製本所　明泉堂



ISBN978-4-396-33519-9　C0193

祥伝社のホームページ・http://www.shodensha.co.jp/

# 祥伝社文庫

藤原緋沙子　**夕《ゆ》立《だ》ち**　橋廻り同心・平七郎控

雨の中、橋に佇む女の姿。橋を預かる、北町奉行所橋廻り同心・平七郎の人情裁き。好評シリーズ第四弾。

藤原緋沙子　**冬萌え**　橋廻り同心・平七郎控

泥棒捕縛に手柄の娘の秘密。高利貸しの優しい顔――橋の上での人生の悲喜こもごも。人気シリーズ第五弾。

藤原緋沙子　**夢の浮き橋**　橋廻り同心・平七郎控

永代橋の崩落で両親を失い、深い傷を負ったお幸を癒《いや》した与七《よしち》に盗賊の疑いが―橋廻り同心第六弾！

藤原緋沙子　**蚊遣り火**　橋廻り同心・平七郎控

杉の青葉などをいぶし蚊を追い払う蚊遣り火を庭で焚く女。じっと見つめる男。二人の悲恋が新たな疑惑を…。

藤原緋沙子　**梅灯り**　橋廻り同心・平七郎控

生き別れた母を探し求める少年僧に危機が！　平七郎の人情裁きや、いかに！

藤井邦夫　**素浪人稼業**

神道無念流の日雇い萬稼業・矢吹平八郎。ある日お供を引き受けたご隠居が、浪人風の男に襲われたが…。

# 祥伝社文庫

藤井邦夫
にせ契《ちぎ》り　素浪人稼業

素浪人矢吹平八郎は恋仲の男のふりをする仕事を、大店の娘から受けた。が娘の父親に殺しの疑いをかけられて…

藤井邦夫
逃れ者　素浪人稼業

長屋に暮らし、日雇い仕事で食いつなぐ、萬稼業の素浪人・矢吹平八郎。貧しさに負けず義を貫く！

藤井邦夫
蔵法師　素浪人稼業

蔵番の用心棒になった矢吹平八郎。雇い主は十歳の娘。だが、父娘が無残にも殺され、平八郎が立つ！

小杉健治
白頭巾　月華の剣

大名が運ぶ賄を夜な夜な襲う白い影。新たな時代劇のヒーロー白頭巾。その華麗なる剣捌きに刮目せよ！

小杉健治
翁《おきな》面の刺客

江戸中を追われる新三郎に、翁の能面を被る謎の刺客が迫る！　市井の人々の情愛を活写した傑作時代小説

小杉健治
札差《ふださし》殺し　風烈廻り与力・青柳剣一郎

貧しい旗本の子女を食い物にする江戸の闇。人呼んで〝青痣〟与力・青柳剣一郎がその悪を一刀両断に成敗する！

# 祥伝社文庫・黄金文庫　今月の新刊

内田康夫　鬼《おに》首《こうべ》殺人事件
浅見光彦、秋田で怪事件！かつてない闇が迫る——

瀬尾まいこ　見えない誰かと
人とつながっている喜びを綴った著者初エッセイ

岡崎大五　アフリカ・アンダーグラウンド
自由と財宝を賭けた国境なきサバイバル・レース！

阿部牧郎　遙かなり真珠湾　山本五十六と参謀・黒島亀人
栄光か破滅か。国家の命運を分けた男の絆。

森川哲郎　秘録　帝銀事件
国民を震撼させた犯人は権力のでっち上げだった!?

藍川　京 他　妖《よう》炎《えん》奇《き》譚《たん》
怪異なエロスの競演〝世にも奇妙な性愛物語〟誕生

神崎京介　秘術
心と躯、解放と再生の旅！愛のアドベンチャー・ロマン

山本兼一　弾《だん》正《じょう》の鷹
信長の首を狙う刺客たち。直木賞作家の原点を収録！

藤原緋沙子　麦湯の女　橋廻り同心・平七郎控
「命に代えても申しません」娘のひたむきな想いとは…

井川香四郎　鬼神の一刀　刀剣目利き　神楽坂咲花堂
三種の神器、出来！シリーズ堂々の完結編！

千野隆司　莫《ばく》連《れん》娘《むすめ》　首斬り浅右衛門人情控
無法をはたらく娘たちと浅右衛門が組んだ!?

小宮一慶　新版　新幹線から経済が見える
眠ってなんかいられない！車内にもヒントはいっぱい

三石　巌　医学常識はウソだらけ　分子生物学が明かす「生命の法則」
その常識、「命取り」かもしれません——

千谷美恵　老舗の若女将が教える　とっておき銀座
若女将が紹介する、銀座の〝粋〟！